ITINÉRAIRE

DE PANTIN

AU MONT CALVAIRE.

MOYEN DE PARVENIR EN LITTÉRATURE,

ou *Mémoire à consulter* sur une question de *propriété littéraire*, dans lequel on *prouve* que le *sieur* MALTE-BRUN, *se disant Géographe danois*, a copié *littéralement* une grande partie des Œuvres de MM. LACROIX, PINKERTON, WALCKENAER, ainsi qu'une partie de celles de MM. GOSSELLIN, PUISSANT, LANGLÈS, SOLVYNS, etc.! etc.! et les a fait *imprimer* et *débiter* sous son nom; et dans lequel on discute cette question importante pour le commerce de la librairie : « Qu'est-ce qui distingue le *plagiaire-* « *copiste* du simple *contrefacteur;* et jusqu'à quel « point le premier peut-il être regardé comme « devant encourir la peine portée par la loi « contre le dernier ? » avec cette épigraphe :

« J'aurais pu piller sans en rien dire, à l'exemple de tant d'au-
« teurs, *qui se donnent l'air d'avoir puisé dans les sources, quand*
« *ils n'ont fait que dépouiller des savans dont ils taisent le nom.*
« Ces fraudes sont très-faciles aujourd'hui : on commence par
« écrire sans avoir rien lu, et l'on continue ainsi toute sa vie. Les
« véritables gens de lettres gémissent en voyant cette nuée de
« jeunes auteurs, qui auraient peut-être du talent s'ils avaient
« quelques études. »

M. DE CHATEAUBRIAND, *Itin. de Paris à Jérusalem*, t. II, p. 318.

« Plus ineptes et plus ignares, nos *compilateurs* ne se bornent
« pas à faire tranquillement le métier de *fripiers littéraires; ils*
« *pillent sur les grands chemins du monde savant;* leur avidité
« extrême ne leur laisse pas le temps de disposer les produits de
« leur *brigandage......* Munis de quelques livres et d'autant de
« *paires de ciseaux*, ils se bornent à fabriquer à la hâte une *com-*
« *pilation* qui n'offre ni un choix bien fait, ni une analyse exacte
« et complète. »

MALTE-BRUN, *Journal de l'Empire*, du 11 novembre 1810.

« Ce qu'on doit le moins estimer en littérature, ce sont les *singes,*
« qui ne savent qu'*imiter* et *copier.* »

GEOFFROY, *Journal de l'Empire*, du 24 mai 1811.

Par JEAN-GABRIEL DENTU, Imprimeur-Libraire, (*Éditeur de la Géographie de J. Pinkerton.*) Un vol. in-8° de 150 pages. Prix, 2 fr.
Franc de port, 2 fr. 50 c.

Ces deux ouvrages se trouvent aussi au Dépôt de ma Librairie, Palais Royal, galeries de bois, n°ˢ 265 et 266.

ITINÉRAIRE

DE PANTIN

AU MONT CALVAIRE,

EN PASSANT PAR LA RUE MOUFFETARD, LE FAUBOURG
ST.-MARCEAU, LE FAUBOURG ST.-JACQUES, LE FAUBOURG
ST.-GERMAIN, LES QUAIS, LES CHAMPS-ÉLYSÉES, LE BOIS
DE BOULOGNE, NEUILLY, SURESNE, ET REVENANT PAR
ST.-CLOUD, BOULOGNE, AUTEUIL, CHAILLOT, etc.

OU

LETTRES INÉDITES

DE CHACTAS À ATALA,

OUVRAGE ÉCRIT EN STYLE BRILLANT,

ET TRADUIT POUR LA PREMIÈRE FOIS DU BAS-BRETON
SUR LA NEUVIÈME ÉDITION,

PAR M. DE CHATEAUTERNE.

Une parodie n'ôte rien au mérite qu'un ouvrage peut avoir.

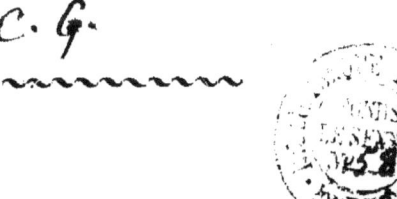

PARIS,

J. G. DENTU, IMPRIMEUR-LIBRAIRE,

RUE DU PONT DE LODI, Nº 5, PRÈS LE PONT-NEUF.

1811.

ERRATUM.

Page 3, ligne 10, la pendule, *lisez* le pendule.

OBSERVATION

ESSENTIELLE

DU TRADUCTEUR.

BEAUCOUP de gens n'entendant plus parler de Chactas, d'Atala et du père Aubry, ont pensé avec raison que ces personnages fameux n'existaient plus. La publication de ces lettres va lever tous les doutes.

Atala, fidèle à la promesse qu'elle avait faite à sa mère de ne point se marier, et craignant les soupçons, les propos que les assiduités de Chactas pourraient faire

a

naître, se résolut à une séparation qu'elle croyait éternelle ; mais la mère d'Atala étant morte, et cette aimable fille sentant que « *sa virginité pourrait la dévorer* », réfléchissant sur-tout que le vœu qu'elle avait fait était contre nature, entretint une correspondance avec Chactas, qui se retira à Pantin. Leur hymen, à ce qu'il paraît, a été célébré dans cet endroit quelque temps après le voyage dont on va lire le récit, et ces heureux époux vivent aujourd'hui au sein du plus parfait bonheur.

Quant au père Aubry, on trouve de même la preuve dans ces lettres que le bruit de sa mort était sans fondement, et qu'après de longues traverses, chargé d'années et d'infirmités, il est venu s'établir brasseur dans sa patrie.

DÉCLARATION

AUTHENTIQUE

DU TRADUCTEUR.

LE traducteur de ces Lettres, auquel la moindre idée de plagiat répugne, et qui, plus qu'un autre, est persuadé que, lorsqu'on prend, il faut au moins avoir la délicatesse d'en convenir, *avoue, déclare, avec toute la bonne-foi imaginable,* que les phrases marquées par des guillemets n'appartiennent ni à lui, ni à son original, mais sont extraites de différens ouvrages qui, depuis

long-temps, sont dans les mains
de tout le monde, et font les délices de toutes les classes de lecteurs.

PRÉFACE

DU TRADUCTEUR.

Pour offrir au public une traduction fidèle et littérale de cet ouvrage, il m'a fallu faire des recherches longues et pénibles. Le langage bas-breton présente des difficultés presque insurmontables, sur-tout lorsque les écrivains de ce pays, se laissant emporter par leur brillante imagination, se plaisent à créer des mots, à inventer des tournures de phrases qu'on ne trouve dans aucun dictionnaire, dont aucune rhétorique, aucune poétique ne donnent d'exemples. Mais Virgile l'a dit : *labor omnia vincit.*

Pénétré de cette maxime, les obsta_

cles ne m'ont point effrayé : heureux
si je trouve dans les suffrages du public
le prix de mes travaux et de ma patience !

On reproche souvent à un traducteur de se passionner pour son original, de vouloir faire prendre pour des
beautés ses défauts les plus sensibles.
Je n'ai pas, je crois, un pareil reproche à craindre ; ou bien, si l'on osait
me l'adresser, je pourrais répondre que
l'opinion générale a dès long-temps jus-
tifié mon enthousiasme.

Je ne chercherai donc pas à prouver
le mérite de ces lettres. Lorsqu'elles
parurent, les éloges les plus solennels
leur furent prodigués ; nier leur subli-
mité, ce serait nier l'existence du soleil
en plein midi.

Je sais que quelques personnes ont

dit, dans le monde, que cet ouvrage était trop long pour un livre de poste, et pas assez amusant pour un Voyage.

D'autres, qu'il était assez bien écrit pour un livre de poste.

D'autres, que l'auteur offrait dans cet ouvrage les rognures des *Amours d'Eudore et de Cymodocée.*

D'autres. . . . .

. . . .

D'autres. . . . .

. . . .

D'autres. . . . .

. . . .

Mille autres. . . . .

. . . .

. . . .

. . . .

. . . .

Mais qu'importe ?

Que peut contre le roc une vague animée ?

Hercule a-t-il péri sous l'effort du Pigmée ?

L'Olympe voit en paix fumer le mont Etna.

Zoïle contre Homère en vain se déchaîna ,

Et la palme du Cid , malgré la même audace ,

Croît et s'élève encore au sommet du Parnasse.

AVERTISSEMENT

DE L'AUTEUR.

« *Si je disais que cet Itinéraire n'était pas destiné à voir le jour, que je le donne à regret et comme malgré moi, je dirais la vérité, et vraisemblablement on ne me croirait pas* » (1).

Je me suis mis l'esprit à la torture pour trouver un autre titre à ces **Lettres**, *sans pouvoir en venir à bout.*

Le public trouvera peut-être que j'ai souvent sauté « des réflexions les plus graves aux récits les plus familiers : tantôt m'abandonnant à mes rêveries » *dans le*

---

(1) Est-ce une malice de l'auteur?

(*Note du traducteur.*)

bois de Boulogne, « tantôt revenant aux soins du voyageur, » *et m'occupant de mon dîné , ou de trouver un abri pour y passer les heures consacrées au sommeil.* « Mon style a suivi nécessairement le mouvement de ma pensée et de ma fortune ; » *tel lecteur* aimera mes sentimens, *tel autre* mes aventures. *Enfin j'aurai atteint le but que je me suis proposé,* « si l'on sent d'un bout à l'autre de cet ouvrage une parfaite sincérité. »

Je ne me suis permis que deux ou trois notes au bas des pages, et j'ai seulement enflé l'ouvrage de trois petits opuscules (1).

1° *L'Itinéraire de Pantin à Suresne et au mont Valérien :* « cet Itinéraire ne se

_____

(1) Ah! petits!...... j'en ai retranché plus des trois quarts. (*Note du traducteur.*)

trouvait jusqu'ici que dans les livres connus des seuls savans. »

2⁰ *La dissertation de Mananville sur
l'ancien mont Valérien, dissertation très-
rare et le chef-d'œuvre de son auteur.*

3° *Un Mémoire sur Suresne.*

*Avant d'entrer en matière, qu'il me soit
permis de payer une dette à la reconnaissance, en convenant que beaucoup de
savans m'ont mis à même de me servir
utilement d'une paire de ciseaux, que j'ai
très-souvent et très-adroitement employée
en place de plume.*

ITINÉRAIRE

DE PANTIN

AU MONT CALVAIRE.

~~~~~~~~~~~~~~~~~~~~~~~~~~~~~~~~

LETTRE PREMIÈRE.

« Aimable vierge des dernières amours,
et digne d'être celle des premières, » ma
chère Atala, « depuis neuf neiges et une
neige de plus, » époque où nous sommes
à peu près « entrés dans la carrière de
la vie par les deux bouts opposés, » je
n'ai plus entendu parler de toi : quelle
était ma situation ! Retiré dans mon
village, « prêtant l'oreille au silence de
l'automne, au bruit des feuilles desséchées, » chaque jour je t'écrivais par
la petite « poste des Missions étrangères. » Je peuplais ma solitude des
beaux vers que j'avais faits pour toi;
car, tu le sais, « il n'y a rien de plus

1

poétique dans la fraîcheur de ses passions, qu'un cœur de» cinquante « années ! » Rien ne pouvait me distraire :
« le son des cloches qui chantèrent de
joie sur mon berceau, ne flattait plus
mon oreille ; cependant tout se retrouve dans les réminiscences enchan-
tées que donne le bruit de la cloche
natale : philosophie, pitié, tendresse,
et la tombe, et le berceau !.... »

Souvent, « aux rayons de la lune qui
alimente les rêveries, » au bord du
ruisseau où les blanchisseuses de mon
pays rendent à leur linge sa blancheur
première, « je croyais voir le génie
des souvenirs assis pensivement à mes
côtés. » Triste, mollement étendu sur
une botte de paille, ressemblant « à un
jeune homme plein de passions, assis
sur la bouche d'un volcan, » je voulais
entretenir ceux qui m'environnaient ;
toutes « mes promenades étaient muet-
tes..... Vastes déserts des hommes,
bien plus tristes que ceux des bois, »

vous ne disiez rien à mon cœur! «la parole distraite se perdait sur ma langue
immobile ! une grande ame doit contenir plus de chagrins qu'une petite; et
je n'étais occupé qu'à rapetisser ma
vie. » Aucune puissance ne pouvait
m'arracher à mon aveuglement; «l'astre
enflammant les vapeurs du village, semblait osciller lentement dans un fleuve
d'or, comme la pendule de la grande
horloge des siècles. » L'instant du tra-
vail, celui du repos, arrivaient sans que
je pusse en jouir. Fatigué « de la mono-
tonie des sentimens de la vie , ayant
déjà aimé , et cherchant » encore « à
aimer, j'étais accablé d'une surabon-
dance de vie..... je t'appelais de toute
la force de mes désirs.... je t'embrassais
dans les vents , je te saisissais dans le
murmure du fleuve » qui fertilise mon
village.... « je cherchais à retremper
mon ame dans la fontaine de la vie: »
tantôt « mon imagination se hâtait d'arriver au fond de ses plaisirs , » tantôt

je prenais la résolution de tout oublier, « d'achever dans un exil champêtre une carrière à peine commencée, et dans laquelle j'avais déjà dévoré des siècles... Autre Eve tirée de moi-même, » te disais-je, je ne le verrai donc plus.... « Ainsi disant, » je marchais à grands pas : « les souvenirs se pressaient au fond de mon ame ; deux sources de larmes coulaient de mes yeux fermés, le long de mes joues flétries. » Tous ceux qui me regardaient s'en apercevaient : « telles deux fontaines cachées dans la profonde nuit de la terre, se décèlent par les eaux qu'elles laissent filtrer entre les rochers. Décidé donc que j'étais, » je disais au monde un éternel adieu, quand j'aperçus venir de loin le facteur du village. « Semblable au génie des airs secouant sa chevelure bleue toute embaumée de la senteur des pins, » il s'avançait, heureux messager. Que me remet-il ? une lettre d'Atala ! ! ! à moi qui, depuis des siècles,

ne lisais plus , pour m'amuser , « que
Homère et la Bible , qui cherchais à
fondre dans les teintes du désert et
dans les sentimens particuliers de mon
cœur les couleurs de ces deux grands et
éternels modèles du beau et du vrai...»
Quelle fut mon émotion en ouvrant
cette lettre adorée ! « Le silence fermait
ma bouche ; les génies de l'amour
avaient dérobé mes paroles , je ne
pouvais que pleurer, et mes larmes faisaient le bruit des grandes eaux en
tombant dans la fontaine. »

Je couvrais ta lettre de baisers, et
je croyais te les prodiguer à toi-même.
Tu souriais à mes larmes, et « comme
un faon semble pendre aux fleurs de
lianes-rose qu'il saisit de sa langue dé-
licate, dans l'escarpement de la montagne, ainsi je croyais demeurer suspendu à tes lèvres. » Je ne pouvais
définir « les sons que rendaient les passions dans le vague de mon cœur soli-
taire. » Tu le sais , mon Atala , « notre

cœur est un instrument incomplet, une lyre où il manque des cordes : » on a beau l'interroger souvent, on ne peut le définir.

Mais je m'empresse de satisfaire ta curiosité , tu veux savoir ce que j'ai fait, ce que je suis devenu depuis notre séparation ; j'obéis : ma lampe ne jette plus qu'une lueur pâle et vacillante, n'importe : je commence ma lettre au « clair de la lune, qui sillonne les nuages comme un pâle vaisseau qui laboure les vagues. »

CHACTAS.

LETTRE II.

« O fille plus belle que le premier songe
d'un époux ! le sommeil a fui de mes
yeux, et je te retrouve dans mon cœur,
comme le souvenir de la couche de mes
pères. » Je parle de toi à tout ce qui
m'entoure , et « la hardiesse est reve-
nue sur ma langue. » O femmes ! notre
sort est donc toujours entre vos mains !
«Vous êtes les grâces du jour, et la nuit
vous aime ; comme la rosée, l'homme
sort de votre sein pour se suspendre à
votre mamelle !! Les paroles manquent
à ma langue » pour t'exprimer ce que
je ressentis en apprenant ton retour en
France.

« Mais déjà l'aurore sort de l'orient ; »
ma lettre est pliée, cachetée, et je te
l'adresse : quant aux détails de mes
aventures, que tu attends sans doute

avec impatience, je ne commencerai à t'en instruire que dans ma première.

Ce serait bien le cas de te donner, pour te distraire, une copieuse introduction, divisée en deux mémoires, que je devais lire à l'Athénée de Montmartre ; mais je t'en fais grâce : elle est fort ennuyeuse, et ne t'apprendrait rien.

Je dois te prévenir aussi que le récit auquel je vais me livrer, sera la matière de plusieurs lettres que je t'adresserai successivement, pour que ton attention ne soit pas fatiguée par une narration sans fin.

Pour des épisodes, je ne t'en promets pas beaucoup ; mais j'ose croire que tu seras contente de mon style : ayant souvent écrit sous les huttes des sauvages, il se sent de l'âpreté du sol. Dans le temps, j'ai cru nécessaire de « m'exprimer dans un style mêlé, convenable à la ligne sur laquelle je marche, entre la société et la nature. »

CHACTAS.

LETTRE III.

Il te souvient sans doute que depuis long-temps j'avais mis la dernière main au plan des amours de *Cymodocée et d'Eudore*, ouvrage destiné à figurer sous tous les formats, qui devait offrir tour à tour et la simplicité plus que naïve de la Genèse, et les grandes idées du Père des fables ; ouvrage qui est à la foi une fable, une histoire, un roman, enfin une épopée qui renferme tout ; car « une épopée doit contenir l'univers. » Déjà presque tous les lambeaux de ce livre étaient réunis ; mais, semblable à Homère, je voulus visiter les pays et les peuples que j'avais à peindre.» J'aurais bien pu m'en dispenser, et mon intention était d'abord de tout copier : quoiqu'ayant renoncé à ce projet, je n'en ai pas moins été obligé, pour

amasser des citations, (cela nourrit bien
un volume!) de lire des milliers d'*in-
folio;* mais ma mémoire n'a pas toujours
été fidèle : aussi les bonnes choses que
tu ne trouveras pas dans mon ouvrage,
il faudra les chercher ailleurs.

Au principal motif qui me faisait,
après trois ans, quitter de nouveau mon
village de Pantin, se joignait le désir
d'accomplir un projet formé depuis
long-temps. Je fuyais avec soin le séjour de la ville ; jamais je n'avais pu me
résoudre à visiter la capitale des Parisii,
mais je ne m'étais pas moins toujours
imaginé que le cercle de mes études ne
pouvait être complet qu'en allant à Suresne. Beaucoup de voyageurs ont parlé
« de ce pays de forte et d'ingénieuse
mémoire, » mais tous se contredisent;
et, pour avoir une opinion sûre de cet
endroit, je résolus de m'y transporter.

Pierre qui roule n'amasse pas de
mousse, vas-tu me dire; mais la passion des voyages, si j'en crois l'auteur

du *Voyage de Paris à Saint-Cloud*, est
sans contredit la plus digne de l'homme.

Déjà, au temps des lilas, j'avais contemplé dans les déserts des Prés-Saint-
Gervais « les monumens de la nature
parmi les monumens des hommes : »
c'était peu de chose. Depuis long-temps
j'avais projeté d'aller voir le père Aubry, que je savais établi brasseur dans
la rue Mouffetard; occasion favorable
pour visiter aussi les différens édifices
du faubourg Saint-Marceau, pour admirer la beauté, l'élégance des maisons
alignées de la rue Copeau. Je désirais
en outre faire un pélerinage au mont Valérien: vingt fois ma grand'mère voulut
m'y mener quand j'étais petit; mais
toujours la partie fut remise : les frais
du voyage paraissaient beaucoup trop
considérables.

On rira peut-être dans Pantin de
m'entendre parler de pélerinage. Quoiqu'il n'y ait pas de quoi se vanter,
« j'avoue que je suis sans pudeur sur ce

point, et que, depuis long-temps, je me suis rangé dans la classe des superstitieux et des faibles. » Quelques personnes donneront peut-être une interprétation maligne à ce dernier mot; mais

Evil to him who evil Thinks.

d'ailleurs, qui sait? Je serai peut-être le dernier Pantinois sorti de son village pour aller au Calvaire par Suresne, avec les idées, le but et les sentimens d'un ancien pélerin. Si l'on ne trouve pas en moi les vertus des illustres oisifs qui entreprirent jadis cette course lointaine, du moins on sera obligé de convenir que je suis aussi simple, aussi crédule qu'eux, et la réputation de *simple* est presque la seule à laquelle un Pantinois puisse prétendre.

Je pourrais bien te citer ici ce que disait en pareil cas un ancien confrère, « le sire de Joinville; » mais, outre que cela ne ferait que t'ennuyer, ce serait

inutilement alonger ma lettre, et t'apprendre , sans nécessité, comment ce
pélerin estropiait le français. Je viens
donc au fait.

Le lendemain du 12 Juillet 18.., une
heure du matin venait de sonner à l'horloge du village, je quittai de nouveau ma
patrie, et , le bâton blanc à la main, me
voilà en route. Le sénéchal de Champa-
gne , en passant devant son castel, n'osa
pas , dit-on, tourner la vue, « de peur
d'avoir trop grand regret, et que le cœur
ne l'astendrît.» Mais j'avais plus de force
d'ame que lui ; d'ailleurs , « presque
étranger dans mon pays, je n'aban-
donnais après moi ni château ni chaumière. »

Mon premier soin fut de me rendre
chez le père Aubry ; et c'est vraiment
de la rue Mouffetard que je partis pour
mon grand voyage. Je ne te parlerai
pas des lieux que j'ai parcourus avant
d'arriver au faubourg Saint-Marceau ;
il faisait nuit quand j'y ai passé, et,

avec la meilleure volonté du monde, je
ne pourrais t'en dire la moindre chose.
Instruit de la demeure du père Aubry,
j'arrivai chez lui juste à l'heure du dîner:
un instant plus tard, on se mettait à
table sans moi. Je trouvai le père Aubry, que l'âge (la longévité chez lui était
admirable, il comptait par 125) avait
rendu aveugle; il ne m'en vit pas avec
moins de plaisir. Je fus sensible à « l'ou-
verture du cœur qu'il me montra, » et,
après un repas copieux, auquel je fis
honneur, car je mangeai si gloutonne-
ment, que je faillis me couper un doigt
avec les dents, comme le fit « Oreste,
troublé par la première apparition des
Euménides,» on m'engagea à aller faire
un tour sur les boulevards, du côté des
Gobelins : c'était servir ma curiosité et
mon amour pour les choses extraordinaires, que de me faire voir ces terres
inconnues.

Nous partîmes donc : la fille de
Chactas accompagnait son vieux père,

« comme Antigone guidait les pas dOE-
dipe sur le Cythéron, ou comme Mal-
vina conduisait Ossian à la tombe de
ses pères, » ou comme..... comme.....
la troisième comparaison m'échappe....
je te la redevrai.

Le temps paraissait superbe ; « les
couleurs du couchant n'étaient point
vives ; le soleil descendait entre les
nuages qu'il peignait de rose ; le ciel,
pendant un instant, fut blanc au couchant, bleu pâle au zénith, et gris de
perle au levant. » Je voyais « commen-
cer la première nuit dans le ciel » du
faubourg Saint-Marceau. Quel fut mon
étonnement lorsque, prêtant l'oreille,
j'entendis un chant mélodieux ! C'est,
me dit Antigone-Aubry, un petit garçon qui, en faisant paître sa vache,
cherche à imiter le grimacier de Tivoli ;
il criait gaîment le septième couplet de
la *Bourbonnaise*.

L'air « était une espèce de récitatif
très-élevé dans l'intonation, et descen-

dant aux notes les plus graves, à la chute du vers. »

La beauté de la musique me frappa : « cet air, » me disais-je, « a-t-il été apporté » dans le faubourg Saint-Marceau « par les Vénitiens ? Serait-ce que les Français, excellant dans le genre de la romance, se sont rencontrés avec le génie des Grecs ? Cet air est-il antique ? et s'il est antique , appartient-il à la seconde école de la musique chez les Grecs, ou remonte - t- il jusqu'au temps d'Olympe ? »

Je fus bientôt tiré de mes réflexions par l'Antigone du père Aubry, qui voulut me faire admirer la rivière de Bièvre: c'est le Nil du faubourg Saint-Marceau. Par intervalles « elle élève sa grande voix, » en passant sous un pont large comme la main. « Quelle est donc la magie de la gloire ? un voyageur va contempler une rivière qui n'a rien de remarquable : on lui dit que cette rivière s'appelle » Bièvre; « il passe , continue

sa route ; mais si quelqu'un mieux instruit lui crie , » c'est la rivière des
Gobelins , « il recule , ouvre des yeux
étonnés , demeure les regards attachés
sur le cours de l'eau , comme si cette
eau avait un pouvoir magique , ou si
comme quelque voix extraordinaire se
faisait entendre sur sa rive. »

Cette rivière , la première propre-
ment dite (1) que j'eusse rencontrée depuis Pantin , peut avoir, à la droite de la
manufacture , « la largeur de l'Eurotas
devant Sparte ; » mais elle ne mérite pas,
comme ce dernier ruisseau , l'épithète
de *the Eurotas famous his reeds*, « que
lui donne Euripide ; » je ne sais pas
« même si elle doit garder celle d'olori-
fer, car je n'ai point aperçu de » canards
« dans ses eaux. Je suivis son cours ,
sans pouvoir rencontrer ces oiseaux
qui, selon Platon, ont, avant d'expirer,
une vue de l'Olympe ; c'est pourquoi

---

(1) Historique. (*Note du traducteur.*)

2

leur chant est si mélodieux apparemment, » me suis-je dit, « je n'ai pas, comme Horace, la faveur des Tyndarides, et qu'ils n'ont pas voulu me laisser pénétrer le secret de leur berceau. »

« Hélas ! relégué dans un coin de terre dans un pays presque désert, ce fleuve qui jadis fut connu sous le nom de » rivière de Bièvre, « et coule maintenant oublié sous le nom de » rivière des Gobelins, « s'est peut-être réjoui, dans son abandon, d'entendre retentir autour de ses rives les pas d'un obscur » Pantinois !

Pendant que le père Aubry s'occupait à jeter un bâton dans l'eau, pour le faire rapporter par « Argus, » son caniche, « animal superbe, à la taille moyenne, au poil fauve et rude, au nez très-ouvert, à l'air sauvage,

Fulvus Lacon,
Amica vis pastoribus.

je m'amusais très-innocemment à ob-

server les jeux des hirondelles, des....
enfin « d'une foule d'oiseaux sauvages »
dont les flots étaient couverts.

« Rien ne serait agréable comme
l'histoire naturelle, si on la rattachait
toujours à l'histoire des hommes ; on
aimerait à voir les oiseaux voyageurs
quitter les peuplades ignorées pour
visiter » les riverains fameux de la Grenouillère et du port Saint - Nicolas.
« L'antiquité nous offrirait dans ses
annales une foule de rapprochemens
curieux, et souvent la marche des peuples et des armées se lierait aux péle-
rinages de quelques oiseaux solitaires,
ou aux migrations pacifiques » des chèvres et des lapins.

Mon attention était tellement capti-
vée par tout ce qui m'environnait, que
je ne m'apercevais pas, plus que le père
Aubry, de la disparition totale du jour.
Antigone veillait pour nous. Elle siffla
Argus, qui prenait ses ébats au milieu
de l'eau. « A la barbe antique et limo-

neuse » de ce caniche , « on l'eût pris
pour le dieu mugissant du fleuve qui
jette un œil satisfait sur la grandeur de
ses ondes, et sur la sauvage abondance
de ses rives. »

Il regagna le bord, et nous nous dis-
posâmes à quitter le rivage. En perdant
de vue la manufacture et la rivière ,
« un mélange d'admiration et de douleur arrêtait mes pas et ma pensée, le
silence était profond autour de nous;
je voulais du moins faire parler l'écho,
et, en approchant de » la manufacture ,
« je criai de toute ma force : » Gobelin!!
Gobelin!! « Aucune ruine ne répéta ce
grand nom , » les échos même semblaient l'avoir oublié! « J'interrogeai vai-
nement les moindres pierres, pour leur
demander les cendres de » Gobelin.....

Je m'arrachai de ces lieux, « l'esprit
rempli des objets » admirables « que je
venais de voir, et livré à des réflexions
intarissables. De pareilles journées font
ensuite supporter patiemment beau-

coup de malheurs, et rendent indifférent à bien des spectacles. »

Nous remontâmes le cours de la rivière de Bièvre, et nous retombâmes
dans la rue Mouffetard. La jeune Aubry « nous prépara un gigot de mou-
ton, comme le compagnon d'Achille,
et nous le servit non avec du vin de la
vigne d'Ulysse et de l'eau de l'Eurotas, » mais avec de la bière très-mous-
seuse et de l'eau de la fontaine Sainte-
Geneviève. « J'avais justement, pour
trouver ce souper excellent, ce qui
manquait à Denys pour sentir le mérite du brouet noir. »

Après le souper, on m'indiqua ma
chambre, j'y montai. « La nuit était pure
et sereine : » j'approchai mon lit de la
fenêtre, que je laissai ouverte, et « je
m'endormis les yeux attachés au ciel,
ayant au - dessus de ma tête la belle
constellation du cygne de Leda. » Mon
sommeil fut souvent interrompu ; tu
sais que je me réveille vingt fois dans

la nuit, et tu n'ignores pas combien je suis sensible au spectacle que nous offre une belle nuit d'été sous un beau ciel. Celui du faubourg Saint-Marceau me rappela nos belles soirées passées dans les bois de l'Amérique ; tout me rendait à mes anciennes jouissances. Les fenêtres de la maison du père Aubry ne fermaient pas, et, au moindre souffle d'Eole, il me semblait « entendre le bruit du vent dans la solitude ; » les aboiemens d'Argus me rappelaient ceux « du chien de la Laconie. » Dans mon enthousiasme, je prenais le gloussement des souverains de la basse-cour pour le bramement des daims et des cerfs.... La chouette sifflait, et je « m'imaginais reconnaître la voix de l'Iroquois lorsqu'il élevait un cri du sein des forêts, et qu'à la clarté des étoiles, dans le silence de la nature, il semblait proclamer sa liberté sans bornes. Tout cela plaît à vingt ans, parce que la vie se suffit, pour ainsi dire, à elle-même, et qu'il y a, dans la jeunesse, quelque chose d'inquiet et de vague qui nous porte incessamment aux chimères : »

Ipsi sibi somnia fingunt.

Mais, quelqu'enthousiaste qu'on soit, la nuit est faite pour dormir, et je m'endormis.

CHACTAS.

~~~~~~~~~~~~~~~~~~~~~~~~~~~~

LETTRE IV.

Oubliant que j'avais manifesté l'intention de me mettre en route de grand
matin, je dormais d'un profond sommeil lorsque le père Aubry vint, tout
en tâtonnant, frapper à ma porte, et
me prévenir que le jour paraissait. « Un
ancien aurait dit que Vénus, Diane et
l'Amour venaient lui annoncer le plus
brillant des dieux. Bientôt des espèces
de rayons roses et verts partant d'un
centre commun, montèrent du levant
au zénith. Ces couleurs s'effacèrent de
nouveau, jusqu'à ce que le soleil con-
fondît toutes les nuances du ciel dans
une universelle blancheur légèrement
dorée. »

Je me levai promptement et descendis. Argus, auprès duquel je passai,
se jetant sur moi, me mordit avec vio-

lence, quoique, pendant le souper de
la veille, j'eusse tout employé pour
m'en faire un ami; chien ingrat, lui
dis-je, digne émule de celui qui appar-
tint « à un roi d'Angleterre de la maison de Lancastre, l'histoire retiendra
ton nom, comme elle conserve le nom
d'un homme resté fidèle au malheur. »

Les premiers devoirs remplis envers
mes hôtes, je courus à la fontaine qui
était près de la grande porte. Cette
fontaine ressemblait assez à celle « que
Persée trouva sous un champignon. »
Je me lavai du mieux qu'il me fut possible, je rajustai mes vêtemens un peu
délabrés, j'époustai mes bottes, et,
comme mes cheveux étaient dans un
désordre extrême, et « ma barbe semblable à celle d'Hector, *barba squalida,* »
je me rendis chez le barbier le plus
voisin : la boutique était déjà pleine,
et, bon gré, mal gré, il me fallut attendre mon tour. Après avoir, pour tuer
le temps, analysé la figure de chaque

personnage qui devait, avant moi, passer sous le rasoir, j'allais, faute de
mieux, réfléchir au long voyage que
j'entreprenais (car tu sais que, par habitude, je fais beaucoup de réflexions),
lorsque mes yeux se portèrent invo-
lontairement sur quelques petits volumes in-18, dont la tranche sale et la
couverture en lambeaux attestaient
qu'ils avaient dû passer entre des mains
auxquelles on ne donnait pas souvent
à laver; cependant ces petits volumes
avaient un air d'antiquité qui me char-
mait. Chez un perruquier du faubourg
Saint-Marceau, que peut-on trouver?
me disais-je..... Mathieu Lansberg et le
Petit-Albert... Mais quel fut mon étonnement! quelle va être ta surprise, mon
Atala! parmi ces volumes, j'en aperçus
un auquel il manquait quelques feuilles,
enlevées sans doute pour faire des pa-
pillottes; et ce volume, oserai-je le
dire? c'était.... ton histoire, que j'ai
écrite avec tant de soin et de luxe!!!...

Elle était traduite en bon français . . . .
Ah !... je te l'avouerai.... je ne pus me
défendre d'un sentiment d'orgueil . . . .
Atala, qui erre dans la boutique d'un
perruquier !!.... douce récompense de
tous mes travaux !!.... « Je ne sais si je
cachai mon nom par orgueil ou par
modestie ; mais ma petite gloriole d'auteur fut si satisfaite, » que le perruquier « eut lieu de se louer de ma gé-
nérosité. » Je lui devais six sous, je lui
en donnai douze : « c'est une charité
dont j'ai fait pénitence depuis. »

Ma toilette achevée, je retournai
prendre congré du père Aubry, de son
aimable fille, et les remercier de leur
bon accueil.

Puisque « Homère avait logé, à Néon-
tichos, chez un armurier, » je devais
être satisfait d'avoir eu pour hôte un
brasseur du faubourg Saint - Marceau.
« Plût au ciel que la ressemblance fût
en tout aussi parfaite, dussé-je acheter le génie d'Homère par tous les

malheurs dont ce poète fut accablé ! »

Avant de me séparer à jamais de lui, je demandai à mon hôte la permission de dessiner sa brasserie, afin de conserver l'image intéressante du monument où l'hospitalité me fut accordée avec tant de grâces.

Je tirai une feuille de papier blanc de mon portefeuille, et me voilà m'écriant, *Son pittor anch'io*, et crayonnant la demeure du vieillard : rien de plus simple : « la légèreté du corinthien mêlée à la gravité dorique. » Pour tout ornement, deux frontons, deux solives parfaitement unies, « régnant, comme un bandeau, au haut d'un mur plein ; » sur le devant, une pierre superbe qu'il ne tenait qu'à moi de prendre pour du marbre de Paros, et sur laquelle est peinte une rose rouge servant d'enseigne à la brasserie. Rien n'avait plus l'air d'une ancienne chapelle ; « ce qui prouve que l'architecture, considérée comme art, est, dans son principe, émi-

nemment religieuse. Qu'il y a loin de cette
sage économie d'ornemens, de cet heureux mélange de simplicité, de force
et de grâce, à notre profusion de dé-
coupures en carré, en long, en rond,
en losange, à nos colonnes fluettes,
guindées sur d'énormes bases, ou à nos
porches ignobles et écrasés, que nous
appelons des portiques!» Que penses-tu
de ma manière de parler architecture ?
Je suis sûr qu'il y a des gens qui diront
encore que j'ai copié cela quelque part.

Mon dessin terminé, mon carton
fermé, je réitère mes remercîmens,
mes salutations, et je franchis le seuil
de la porte : déjà la rue Mouffetard ne
retentit plus sous mes pas précipités,
et je dis un éternel adieu au faubourg
Saint - Marceau, connaissant parfaitement ses édifices, ses antiquités, et
après avoir sur-tout examiné ses habi-
tantes, filles, femmes ou veuves, sans
savoir néanmoins d'une manière pré-
cise s'il faut dire le faubourg Saint-

Marceau « aux belles femmes, d'après
Homère. »

Fatigué d'avoir monté la rue des
Postes, le voyageur se repose, l'écrivain en fait autant, et le premier cour-
rier te portera de nouveaux détails.

CHACTAS.

~~~~~~~~~~~~~~~~~~~~~~~~~~~~~~~

LETTRE V.

Tu m'as laissé, ma chère Atala, au moment où, après être parvenu à l'extrémité de la rue des Postes, je me reposais. La montagne Sainte-Geneviève était gravie ; je me trouvais enfin « au sommet de ce Taurus que je me plaisais à regarder, et que j'aimais à compter parmi les montagnes célèbres dont j'avais aperçu la cime. » Tu ne peux te figurer un sol plus montueux. La chaleur me paraissait excessive : nous étions justement au milieu « du mois des tempêtes. » Le ciel, moins pur que celui que je venais de respirer sur les bords du fleuve des Gobelins, « avait cette teinte que les peintres appellent un ton chaud, c'est-à-dire qu'il était rempli d'une vapeur déliée un peu rougie par la lumière. » Je sentis « une langueur

qui approchait de la défaillance. » Eh !
te l'avouerai-je ? plus je m'éloignais de
Pantin, et plus je soupirais ; « car je
préfère, comme Télémaque, mes rochers paternels aux plus beaux pays. »
D'ailleurs, quels fruits retirerai-je d'a-
voir vu les villes et les hommes, *mores
hominum et urbes ?* Mais le sort en était
jeté, *errare humanum est ;* et, né voyageur, je devais remplir ma destinée.
Je voulais faire en outre des amours
d'Eudore et de Cymodocée un chef-
d'œuvre, et je ne devais rien négliger
pour mettre à fin une entreprise aussi
glorieuse. « Je ne prétends pas faire
valoir mes travaux, qui sont très-peu
de chose (1) ; » mais j'espère cependant
que, quand on me verra quitter mon
paisible village, abandonner l'aimable
société qui se réunit tous les soirs chez
le maire de Pantin, déserter l'Athénée,
renoncer au jeu de boule, enfin me

_____

(1) Historique. (*Note du traducteur.*)

priver de toutes les jouissances d'un homme instruit, pour endurer le froid et le chaud, pour supporter les fatigues, porter mes pas errans au‑delà de Suresne, mépriser l'axiome si vrai pour la plupart des hommes, *ubi benè, ibi patria*, « et tout cela par respect pour le public, et pour donner à ce public un ouvrage *less imperfect than christianitz genius*, j'espère qu'on me saura gré de mes efforts. »

J'avance donc en vrai pélerin qui se rit des dangers, qui brave les fatigues, et ne voit que le but, objet de tous ses désirs. Cependant, comme je suis fort sujet à une quinte continuelle, j'avais eu soin de faire une ample provision de jujubes. De pareils détails ne te paraîtront peut-être pas très‑amusans ; mais un voyageur doit tout dire, l'utile ainsi que l'inutile, sur-tout lorsqu'il a le projet de faire imprimer la relation de ses courses vagabondes.

Au fait, au fait.... Je reviens à mon

3

récit. Seul, isolé « dans une partie du monde qui n'avait pas encore vu la trace de mes pas, hélas! ni ces chagrins que je partage avec tous les hommes, » ne sachant plus m'orienter, ayant peine à me déterminer sur le choix du chemin que je devais suivre, j'allais peut-être m'égarer quand j'entendis une voix qui s'échappait d'un cinquième étage pour appeler très-distinctement Nigaudin!...... Ce nom me frappe... Je crois me rappeler qu'il y a en effet beaucoup de nigauds à Pantin. « Il faut être voyageur pour savoir quel plaisir on éprouve à rencontrer tout à coup dans des lieux lointains et inconnus un nom qui vous rappelle la patrie.

A tous les cœurs bien nés que la patrie est chère !

« Je n'ai jamais entendu chez l'étranger le son d'une voix « *pantinoise*, » sans être ému. Après un si long temps..... »

O que cette parole à mon oreille est chère !

J'approche, j'interroge Nigaudin. Mes
pressentimens ne m'avaient pas trompé:
je vis un compatriote. « Ce fut d'abord
un fatras de questions » entre nous sur
Pantin, sur les Prés-Saint-Gervais, sur
Montmartre...... Mon compatriote,
imprimeur de son métier, travaillait
courageusement à composer une carte
de traiteur et une annonce de Laffec-
teur. J'aperçus dans un coin le maître,
homme à mine refrognée, et qui par-
lait assez rudement à mon cher Nigaudin.

Ce serait bien le cas de te tracer
ici le portrait bizarre du bâtard des
Etienne, des Elzevir; de te peindre
son attitude grotesque, ses grimaces
singulières; de te citer même quelques
fragmens de sa conversation. « Les lecteurs aiment assez à connaître les personnages avec lesquels on les fait vivre;
mais moi, si j'avais eu le talent de ces
sortes de caricatures, j'aurais cherché
soigneusement à l'étouffer. Tout ce qui

fait grimacer la nature de l'homme me semble peu digne d'estime. On sent bien que je n'enveloppe pas dans cet arrêt la bonne plaisanterie, la raillerie fine, la grande ironie du style oratoire, et le haut comique. »

Sans faire attention au maître, je continue mon entretien avec le compagnon. Je lui demande en quel lieu je me trouve. Monsieur, me dit-il, le sol que vous foulez à présent, qui est empreint de la trace de vos pas, est l'Estrapade ; à votre droite se trouve l'église Sainte-Geneviève.

Je fus d'abord étonné de trouver tant d'érudition dans cet homme ; mais mon étonnement se dissipa bientôt lorsque je réfléchis que c'était un Pantinois, sur-tout lorsqu'il m'apprit que depuis quinze ans il avait quitté la terre natale, dans le dessein « d'aller en Amérique, de découvrir le passage tant cherché, sur lequel Cook même avait laissé des doutes, » de voir la Nouvelle

France, etc. etc. etc. , et bien d'autres
petits endroits ; qu'enfin il était venu
aussi gueux qu'à l'époque de son départ , se fixer dans cette immense
ville de Paris, qu'il avait trouvée sur sa
route : trop heureux, pour y vivre, de
savoir travailler, faute d'argent pour
faire imprimer la relation de son voyage.
Les larmes m'en vinrent aux yeux ; je
lui dérobai mon émotion.

Je causais depuis assez long-temps
avec mon compatriote; l'heure s'avançait , la faim se faisait sentir, mon premier soin fut de la satisfaire. J'aperçus
au milieu des pierres dont la place
Sainte-Geneviève est couverte, un petit
cabaret : les peintures qui décoraient
la façade me parurent d'un fini exquis.
On y voyait, élégamment tracés, des
gigots, des buissons d'écrevisses, des
lapins, une hure de sanglier : cela me
rappela les bons tableaux « du Titien,
du Tintoret, de Paul Véronèse et du
Bassan. » Je me disposai à laisser tra-

vailler Nigaudin, qui me dit, en me
serrant la main de manière à me faire
crier, « adieu, brave homme! » Pourquoi, comme vous , n'ai-je pas eu le
courage de continuer ma route? peut-
être me serait-il arrivé quelque bonne
fortune , quelques-unes de ces aventures extraordinaires qui auraient fait
parler de moi , qui m'auraient conduit
à la fortune. Alors j'aurais obtenu les
honneurs de l'impression ; les Pantinois auraient parlé de mon nom.... Aujourd'hui, mon sort est de finir mes
jours par une mort obscure et déplo-
rable.

Conviens-en, mon Atala : «voilà qui
est vrai, naturel, pathétique, et l'on
retrouve ici un grand coup de la fortune , la puissance du génie et les entrailles de l'homme. » Je partis enfin,
je quittai Nigaudin, « en lui écrivant
mon nom sur un petit morceau de papier , dans lequel j'enveloppai les mar-
ques de ma sincère reconnaissance. Je

n'ai regretté qu'une chose dans mon voyage, c'est de n'avoir pas été assez riche pour établir cet homme » maître imprimeur à Pantin.

CHACTAS.

————

~~~~~~~~~~~~~~~~~~~~~~~~~~~~

LETTRE VI.

J'ÉTAIS entré dans le cabaret dont
je t'ai parlé dans ma dernière lettre.
Vingt fois j'avais appelé le garçon, le
maître : personne....... Enfin, las de
crier, de crier...., et voyant les fourneaux bien allumés, ce qui supposait
une cuisine en grande activité, où je
devais par conséquent trouver de quoi
satisfaire mon appétit, je m'adresse au
chef, qui, pour toute réponse, m'indique l'escalier du premier : je monte.
Des garçons, ayant à leurs boutonnières
des rubans de toutes les couleurs, le
sourire sur les lèvres, la gaîté dans
tous les traits, et fredonnant cette jolie
chanson grecque :

> Et je suis votre servante,
> La petite Cendrillon.

allaient, venaient, sans daigner m'a-

percevoir. J'entre dans un grand salon ;
j'y trouve des jeunes filles, fraîches,
potelées, ne respirant que la joie,
croyant déjà entendre le son du violon,
et disposées à répondre à l'appel du
plaisir.

L'essentiel pour moi était de rencontrer le maître de la maison, et de me
faire servir : je suis assez heureux pour
qu'on me l'indique. A ma première
demande, sa réponse fut : Vraiment
oui, j'ai bien le temps !... tout ce qu'il
y a ici est destiné à ces aimables convi-
ves ; voyez ailleurs, il m'est impossible de vous satisfaire.

J'allais céder à ma mauvaise fortune
et chercher un autre gîte, lorsque
M. Pingalo (c'est ainsi que je l'entendis appeler), homme d'une cinquantaine d'années, marchand mercier sur
la place de l'Estrapade, s'avança vers
moi, et me dit avec toute l'élégance
possible : Monsieur, vous m'avez l'air
d'un étranger qui n'est jamais venu

dans ce pays ; vous paraissez fatigué,
altéré, à jeun peut-être ?.... Je ne ré-
pondais rien, tant il devinait juste. Je
ne souffrirai pas que, pour nous, on
refuse de vous servir. Vous voyez mes
amis, mes parens : ces quatre jeunes
filles sont les miennes. Je saluai les
quatre jeunes filles ; elles rougirent :
c'est répondre. Je marie l'aînée, Gertrude Pingalo. Je la donne à cet aimable artiste en cheveux ; il est nou-
vellement breveté..... Au mot d'artiste,
je jetai un regard complaisant sur le
jeune homme de fort bonne mine, qui,
le matin, savourait déjà le plaisir qu'il
se promettait le soir. — Faites - nous
l'amitié d'accepter une place à notre
table : nous sommes vingt, et quand
il y en a pour vingt, il y en a bien
pour vingt-un...... Que risquai-je, me
dis-je en moi-même ? j'en serai quitte
pour quelque récit d'aventures, pour
improviser quelques vers en l'honneur
de mademoiselle Gertrude Pingalo.

Des vers ! diras-tu? on n'en a jamais vu
de ma façon : c'est vrai; mais il y a
commencement à tout.

Eh! pourquoi ne ferais-je pas des
vers? « Je n'ai jamais défié les Muses ;
elles ne m'ont pas rendu aveugle comme
Thamyris ; et si j'ai une lyre, je ne l'ai
point jetée dans le Balyras, au risque
d'être changé, après ma mort, en rossignol. Je puis encore suivre le culte
des neuf Sœurs pendant quelques années, après quoi j'abandonnerai leurs
autels. La couronne de roses d'Anacréon ne me tente point ; la plus belle
couronne d'un » auteur, « ce sont ses
cheveux blancs » ou gris, et une bonne
perruque quand il est chauve.

Toute réflexion faite, j'acceptai et
sacrifiai aisément à un convive de
bonne humeur, à un repas dont j'aspirais
le parfum, la curiosité de voir l'église
Sainte-Geneviève, que j'avais d'ailleurs
toujours le temps de contempler à
mon aise. C'est une singulière destinée

que celle d'un voyageur! du milieu des
pierres, j'étais passé à un festin de
noces ; je quittais un compatriote dans
les larmes, je trouvais un étranger dans
la joie, et qui me faisait le plus aimable
accueil. Le contraste ne te paraîtra
peut-être pas très-piquant ; mais n'importe, c'en est toujours un, et j'ai un
goût décidé pour les contrastes. Je n'hésitai pas à répondre à l'honnêteté du
mercier de la place de l'Estrapade ; et,
« comme Ulysse se détermina à prendre part aux festins d'Aristonoüs, » je
pris place à la table de M. Pingalo.

Un coup de soleil qui me couvrait la
joue et la main me faisait crier de temps
en temps, faire une grimace affreuse ;
de sorte que « j'étais convive très-gai
de cœur, mais fort triste de figure.
Pour n'avoir pas l'air d'un parent malheureux, je m'ébaudissais à la noce (1). »

―――――――――――――――――――――――――

(1) On trouvera peut-être ce mot *ébaudissais*
un peu trivial, mais je suis traducteur fidèle.

(Note du traducteur.)

M. Pingalo n'était pas plus chanceux
que moi : il avait la goutte ; et, au milieu
des chants joyeux de sa famille, il laissait par fois échapper des ah !... là ! là !...
des oh ! oh !...... très-expressifs. « Tout
cela faisait un mélange de choses ex-
trêmement bizarres. Ce passage subit
du silence qui régnait » dans les ruines
,ou dans les pierres de la place, auprès
du Panthéon, de ses caveaux, de ses
sépulcres, au bruit d'un mariage,
était étrange! « Tant de tumulte à la
porte du repos éternel! tant de joie auprès du grand deuil de la nature !»

Au milieu de l'alégresse générale,
l'oreille assourdie par les chants,
une idée égayait mon imagination : je
croyais voir tous mes amis occupés de
moi à Pantin, me suivant, en pensée,
dans les solitudes du faubourg Saint-
Marceau, dans les chemins raboteux
du nouveau monde que j'allais visiter,
et ne se doutant guère que j'étais gaîment à table au moment où ils déplo-

raient **peut-être** ou ma perte, ou les périls que je courais.

Comme il faut que tout finisse, les plats disparurent, les bouteilles se vidèrent, et on ne pensa plus qu'à la danse..... Moi, danser!..... et en habit de voyage encore.... Je restai, pendant quelque temps, spectateur des jeux de l'aimable famille ; mais le sommeil, qui ne perd jamais ses droits, me gagnant, je demandai à l'hôte une chambre où je pusse me disposer, par le repos, à continuer ma route. Tous ses lits étant retenus, il consentit à me céder le sien, sa présence étant nécessaire toute la nuit dans le salon de danse. Je me couchai à la hâte, et dormis du plus profond sommeil pendant quelques heures. « D'autres dormiront à leur tour sur ce lit, » et ne penseront pas plus à moi que je ne pensai au marchand de vin qui m'avait cédé sa place avec tant de bonté.... et voilà ! ! . . . .

. . . .

Éveillé vers deux heures du matin,
n'entendant plus les joyeuses chansons,
les pas pressés de la danse, les sons
aigres de l'orchestre, je crus qu'au milieu d'une si belle nuit, les yeux fixés
vers le ciel, ce que j'avais de mieux à
faire, moi qui ne suis jamais un instant
sans réfléchir, était « de me laisser entraîner à ces réflexions que chacun peut
faire, et moi plus qu'un autre, sur les
vicissitudes des destinées humaines.
Que de lieux avaient déjà vu mon sommeil paisible, ou troublé! que de fois,
à la clarté des mêmes étoiles, dans les
forêts de l'Amérique, dans les bruyères
de l'Angleterre, sur les chemins de
l'Allemagne, dans les champs de l'Italie, au milieu de la mer, je m'étais livré
à ces mêmes pensées touchant les agi-
tations de la vie! »

Le jour arrivé, je me lève, je prends
congé de mon hôte; il ne me demande
rien : ce qui est toujours fort agréable,
et je me hâte de voir cet édifice majes-

tueux où respirent, immortels! et la
gloire de Louis XV et les talens de Souf-
flot. Les bas-reliefs de l'intérieur, ceux
du péristile, du fronton, ont pris une
ame sous la main de Coustou.

Moyennant une pièce de 15 sous, un
suisse, un bédeau, car il ne me déclina
pas ses qualités, m'offrit de me faire
voir les caves sépulcrales. Tout ce qui a
la teinte de la tristesse me charme. Mon
Cicéroné m'apprit que les cendres de
plusieurs personnages, dont les noms
sont déjà loin de ma mémoire, occupèrent tour à tour ces demeures silen-
cieuses.... Les Parisiens aussi avaient
fait des dieux! Plus raisonnables, ils
ont honoré des héros, des sages, et ont
environné de leur respect cette dernière demeure. Je te l'avouerai, mon
Atala, au premier aspect de ces tombeaux cimétriquement rangés, « je n'ai
senti que de l'admiration. Je sais que la
philosophie peut gémir ou sourire. »
Les réflexions devaient naître d'elles-

mêmes dans cet endroit. Eh bien! ce fut comme un fait exprès, il ne m'en vint aucune. Je pourrais bien, pour ta satisfaction personnelle, y suppléer par un joli petit passage de Diodore de Sicile, sur la manie qu'avaient les Egyptiens de construire de magnifiques tombeaux; mais ce serait te rassasier de citations. Je me contenterai de te dire que « ce vaste sépulcre n'est point la borne qui marque la fin de la carrière d'un jour; c'est la borne qui marque l'entrée d'une vie sans terme; c'est une espèce de porte éternelle, bâtie sur les confins de l'éternité. » Amen.

CHACTAS.

LETTRE VII.

Il y a un mois, ma chère Atala, que j'ai cessé de t'écrire, et mon silence a dû te surprendre ; mais tu me le pardonneras aisément, toi qui es si bonne, « sur le visage de qui on remarque un caractère d'élévation et de force morale, je ne sais quoi de vertueux et de passionné, » lorsque tu seras instruite que, depuis plus de six semaines, je m'occupe d'un ouvrage important, qui, grâces à certaines précautions, devait faire grand bruit dans le monde (1) ; mais le monde, ingrat et léger, n'a pas voulu le connaître (2). Je quitte donc avec plaisir cette composition sérieuse, pour reprendre l'histoire de mon voyage,

---

(1 Historique.   (2) *Idem.*
(*Note du traducteur.*)

pour m'entretenir avec toi, mon Atala,
jusqu'au moment où tu viendras partager ma solitude.... instant désiré!... ah!
les jours passés loin de toi sont « des
jours nés du sein des tempêtes, qui ne
laissent tomber sur mon front que des
soucis, des regrets et des cheveux
blancs. »

Le soleil était déjà à la moitié de son
cours ; je pris le parti de sortir de
Sainte - Geneviève, de quitter et les
morts illustres et leur lugubre demeure.
« Rien n'est cependant plus agréable
et plus dévot que cette église souter-
raine. »

Je saluai, à ma droite, le quartier
latin (tu dois te rappeler que j'ai l'habitude de saluer tous les objets que
j'aperçois), et continuai ma route avec
assez de vîtesse ; car il est bon de te
prévenir que je ne parlerai que de ce qui
se trouvera précisément sur mon chemin : ne t'attends donc à aucun détail
sur Paris : la description de ce grand

village est trop généralement connue.
Son origine, ses antiquités, ses monumens, ses églises, ses quais, ses rues,
ses mœurs, ses usages, ses marchés,
ses cris, ses intrigues, ses ponts, ses
charlatans, ses spectacles, ses boulevards, ont assez exercé la plume des
historiens et des critiques. Les uns ont
écrit pour nous répéter les contes bleus
qu'ils avaient lus, d'autres pour men-
tir, d'autres.... Moi, qui n'écris pas un
voyage à Paris, mais bien à Suresne et
au mont Valérien, je ne suis pas tenté
de me détourner de mon chemin pour
étudier la situation des lieux, pour deviner, visiter « la brèche par où les
barbares pénétrèrent dans la patrie des »
Vadé, des Corneille. Je me suis laissé
dire que cette bonne ville, régulièrement bâtie, et située sous un ciel assez
beau, était la première du monde.

La rue de la montagne Sainte-Geneviève franchie, laissant à ma droite la
rue des Chiens, je saluai Saint-Etienne-

du-Mont par tous les contes que je savais sur cette église, et que l'on trouve dans Saint - Foix. Je traversai la rue Saint-Jacques, celle d'Enfer, *via inferior,* ou *infera,* ensuite le passage des Jacobins, enceinte fameuse où il se fait un commerce immense de librairie. Jamais les Ptolomées ne rassemblèrent autant de bons livres à Alexandrie, qu'il y a de bouquins dans cet endroit. Que le ciel préserve ce sanctuaire des sciences de la fureur d'un nouvel Omar!

J'avais marché toute la journée, et admiré, sur ma route, des choses dignes d'être consignées dans mon journal : en marchant on écrit mal, la main tremble ; je me décidai donc à passer gaîment la nuit dans la première hôtellerie qui s'offrirait à moi. Il était tard; les réverbères ne jetaient plus qu'une lueur incertaine ; j'ignorais où j'étais : le plus malheureux, c'est que je ne rencontrais personne à qui j'osasse m'adresser ; enfin j'avançais *per silentia lunæ ,* lorsqu'un grand feu de paille attira mes regards. Une douzaine d'esclaves ou de porte-faix riaient et gesticulaient au-tour du foyer. L'absence de la lune, qui se dérobait de temps en temps ; cette vive clarté qui ressemblait aux feux du jour ; des jeunes filles qui jouaient à la main chaude ; de vielles femmes as-sises sur le pas de leurs portes, tricot-tant et parlant toutes ensemble ; ici, Colin-Maillard ; là, les quatre coins, enfin mille jeux plus agréables les uns que les autres : « tous ces objets, tan-tôt distincts et vivement éclairés, tan-tôt confus et plongés dans une demi-ombre, offraient une véritable scène des Mille et une Nuits ; il n'y manquait que le calif Aroun al Raschild, le visir Giafar et Mesrour, chef des eunuques.»

J'appris bientôt que je me trouvais dans la rue de la Harpe, et ma sur-prise augmenta lorsque le maître de la maison où je sollicitais un asile, sur l'objection que je lui fis que les fenêtres

de la chambre où je devais passer la
nuit tenaient à bien peu de chose, et
que le plafond menaçait ruine, me répondit avec un ton solennel : « Sei-
« gneur, mille autres voyageurs , à votre
« place, seraient enchantés : ils me ren-
« draient des actions de grâces de les
« avoir mis dans la chambre même
« qu'occupait l'empereur Julien. Savez-
« vous que c'est ici le palais des Ther-
« mes ? entendez-vous ? le palais des
« Thermes. Je ne vous dis que ça..... »
Là-dessus il me souhaita le bonsoir, et
me laissa maître de veiller ou de dormir.

Je bénis cet heureux hasard , car

L'on n'est pas fâché
De se dire : Je couche où César a couché.

Quoi ! m'écriai-je, ici, dans cette
chambre, ont reposé Julien et les rois
de France de la première et de la seconde race ! « J'éprouvai dans ce moment un effet remarquable de la puissance des sentimens, et de l'influence

de l'ame sur le corps.» Au lieu de céder au sommeil, je sonnai et prescrivis l'ordre de me servir un excellent souper ; ce qui vaut bien tous les souvenirs, toutes les antiquités du monde. On m'apporta de suite une croûte de pain et un carafon de vin. « Il y a deux choses qui revivent dans le cœur de l'homme, à mesure qu'il avance dans la vie, l'amour » du bon vin et l'amour de la bonne chère. « On a beau avoir oublié l'une et l'autre dans sa jeunesse, elles se présentent tôt ou tard à nous avec tous leurs charmes, » et réveillent au fond de nos estomacs un amour justement dû à leur bonté.

Ma fenêtre, ou celle de l'empereur Julien, était ouverte, et, tout en sablant délicieusement mon carafon de vin de Brie, « qui n'était pas du temps d'Anacréon, » je lève les yeux, et j'aperçois une compagnie *vespertilionum*, qui voltigeaient autour de la cour. Depuis deux mois, « peut-être, elles font ainsi le même voyage. Elles sont

restées heureuses et libres » dans la rue
de la Harpe, comme ailleurs. « Du haut
de leurs nids, que les révolutions ne
peuvent atteindre, elles ont vu au-
dessous d'elles changer la race des
mortels : tandis que des générations im-
pies se sont élevées sur les tombeaux des
générations religieuses, la jeune » chauve-souris « a nourri son vieux père. » Si
je m'arrête à ces réflexions, « c'est que
la » chauve-souris « est aimée des voyageurs. Ces oiseaux furent souvent mes
compagnons dans mes courses dans
les » carrières de Pantin. « En les re-
trouvant dans une autre espèce de désert, » la chambre de l'empereur Julien, « je n'ai pu m'empêcher de parler
un peu de mes » anciennes amies.

Le souvenir des chauve-souris, le
désir inquiet de franchir l'espace qui
me séparait encore des lieux que j'allais
visiter, me tinrent éveillé toute la nuit :
je faisais ma dernière réflexion, et je
vidais mon dernier verre lorsque le

jour m'avertit de l'instant du départ.
« Singulière destinée, qui me faisait sortir de » Pantin « pour fixer l'emplacement » de Suresne et du mont Calvaire!

Je demandai combien de temps il me
faudrait pour gagner le rivage de la
Sequana, du côté du quai des Augustins, mon intention étant de m'embarquer le plus promptement possible.
«Vous ne pouvez pas vous embarquer
« à cet endroit, me dit mon hôte;
« vous serez obligé d'aller jusques aux
« Invalides; mais quinze minutes vous
« suffiront pour joindre le quai des
« Augustins. » Quinze minutes de marche! cela me paraissait un peu long sur
le pavé, et sur-tout d'après l'assurance
que me donna l'aubergiste, que je trouve-
rais peu de choses remarquables avant
de toucher au rivage. Aller en voiture,
rien de plus triste.... cependant il fallait
bien..... Tandis que je réfléchissais à la
manière la plus commode et la plus
agréable pour arriver au quai, j'aper-

çus dans la cour de l'hôtellerie « un »
âne superbe, «les crins descendans,
épars, la tête et les oreilles baissées
entre ses jambes pour trouver un peu
d'ombre, et laissant tomber de son œil
sauvage un regard oblique sur son maître. » « Puis-je faire une route de dix
minutes avec cet animal? dis-je à l'aubergiste. — De quinze, si vous voulez.
— Je vous paierai bien. — C'est ainsi
que je l'entends. —Marché proposé,
marché conclu. — Un de mes garçons
d'écurie vous suivra, et ramènera Martin. — Soit. — Oh! vous avez-là une
bonne bête ; ardente à l'excès : ce n'est
pas un Bucéphal : mais avez-vous dégagé son cou de la corde qui le retient,
« vous êtes-vous élancé sur son dos : il
écume, il frémit, il dévore la terre; »
le fouet claque, « il dit : allons ! et
vous reconnaissez un âne tel que vous
n'en avez pas vu, même dans les
pâturages de Montmartre. J'enfour-
che donc ma fringante monture. Mon

compagnon me suit pieds nus et le
bâton blanc à la main, pour réveiller de
temps à autre l'ardeur du terrible animal. Braire, dresser les oreilles, frapper la terre, s'élancer dans la carrière,
c'est l'affaire d'un instant pour maître
Martin, c'est l'éclair. Il va au pas, et
je m'abandonne à lui après avoir prié
l'hôte d'écrire mon nom sur les murs
de la chambre de l'empereur Julien.
J'en avais vu beaucoup d'autres char-
bonnés à la même place ; et ces loca-
taires, me disais-je, « ont été comme
moi étrangers » *in via citharæ*. J'eus
aussi grand soin de donner pour boire
à la fille, selon l'usage : « l'on doit remplir tous les petits devoirs d'un pieux
voyageur. »

CHACTAS.

~~~~~~~~~~~~~~~~~~~~~~~~

LETTRE VIII.

JE voulais t'écrire hier, et cela m'a été impossible : ce diable d'imprimeur *mi fa tornar la testa*. Tu le sais , toutes les feuilles publiques, tous mes amis ont répété que mes amours d'Eudore et de Cymodocée avaient eu sept éditions, qu'ils avaient été traduits dans toutes les langues mortes et vivantes : eh bien! il a l'impertinence de prétendre que tout cela n'est qu'un conte, que lui seul doit savoir la vérité; enfin que , dans cette affaire , il est on ne peut pas plus martyrisé. Je te le demande : une pareille plainte est-elle raisonnable? Un ouvrage comme celui-là rester en magasin! un ouvrage où tout se trouve réuni! un ouvrage où je parle tour à tour, et quelquefois en même temps, de la muse céleste et de la vierge du Pinde, du poète de Sorrente, de l'aveugle d'Al-

bion, des chrétiens, des païens, du
ciel, de l'enfer, de Platon, d'Homère,
de Dieu, de Jupiter, d'Ulysse, de Pénélope, de Jérémie, de Fénélon, de
Pan, de Cérès, de l'Alphée, du Ladon,
du Méandre. « qui fait tant de détours;
du Scamandre, si fameux; du Sper-
chius, aimé des poètes; de l'Eurotas,
chéri de l'épouse de Tyndare; du fleuve
que les cygnes de Méonie ont tant de
fois charmé par la douceur de leurs
chants; d'Andromaque aux portes de
Scée; de Priam aux genoux du meur-
trier d'Hector; » de la mort du chien
fidèle du vieux Laërte sarclant son jardin des champs, et pleurant, à l'aspect
de treize poiriers, des rosiers de Jéri-
cho; de Mérovée, de Moïse, de Pha-
ramond, de l'impératrice Prisca, des
Sérapion, des Macaire, des Pacôme,
de la sage et sérieuse Égypte, des Ar-
moricains, de la flûte à sept tuyaux, du
palais d'Aglaé, des Quinquegentiens, de
Jérôme, d'Augustin, de Vercingeto-

rix, de Pharaon, de Jacob, du diable,
de Clodion, de l'ange rebelle, de la
déesse Hertha, de Zacharie, des ombres d'Orphée, d'Alexandre, d'Ariadne,
de Phryné, de la Judée, des Gaules,
d'Ovide, des vignes de Falerne, de
l'amour, du désespoir, des fièvres de
l'ame, de Dante, de Dioclétien, de
la sibylle de Cumes, de Jérusalem et
de la piscine de Bethsabée! (ce qui en-
trait nécessairement dans mon sujet); cet ouvrage où les descriptions,
les portraits, les prières, les invoca-
tions, les digressions, les récits, les
citations sont accumulés!..... Je te le
demande encore, mon Atala : n'est-ce
pas là un ouvrage comme on n'en fait
pas? un livre dont la renommée doit
augmenter chaque jour, et les éditions
s'épuiser avec une rapidité sans égale?
Il est donc bien certain que l'imprimeur se trompe, que les libraires ne
savent ce qu'ils disent, et qu'ils ne sont
pas du tout martyrisés.

Mais laissons là ces petits chagrins, ces contrariétés que rencontrent sans cesse les gens de lettres, et faisons en sorte que tu puisses me suivre dans mon pélerinage. Ce *fervens et fremens asinus*, avec lequel je t'ai fait faire connaissance dans ma dernière lettre, et que son maître m'avait tant vanté pour la vélocité, cet âne maudit faillit vingt fois me faire rompre le cou : j'en fus quitte pour une légère contusion, qui ne m'empêcha pas de sommeiller un peu tout le long du chemin, mais du sommeil le plus léger, le plus agréable ; je ne me réveillai précisément que lorsque mon âne s'abattait ; j'étais donc occupé d'un rêve assez singulier, comme tu vas le voir. Je me figurais qu'on m'avait donné Asnières « en souveraineté. Je faisais publier dans toute l'Europe que quiconque était fatigué des révolutions, et désirait trouver la paix, vînt se consoler » dans l'ancien pays des âniers, où je promettais repos et sûreté... « J'ou-

vrais de grands chemins » où deux ânes
pourraient passer de front; « je bâtis-
sais » des auberges où l'on écorcherait
peu les passans... « Je préparais toutes
sortes de commodités pour les voyageurs. J'achetais un port sur le golfe de »
la Sequana ; « on sent bien que je ne né-
gligeais pas les monumens. Tous les
chefs-d'œuvre » de l'ancien corps-de-
garde « étaient relevés sur leurs plans
et d'après leurs ruines.... » Tout le village , « entouré de bons murs , était à
l'abri » du pillage des peuplades voi-
sines... « Je fondais une Université... »
L'Université d'Asnières devenait célèbre..... les maîtres étaient des habitans de l'endroit ; « les enfans de toute
l'Europe venaient y apprendre » le
français « littéral » et le français « vul-
gaire » , ce qui veut dire le patois....
« J'avais une marine.... j'encourageais
l'agriculture », on plantait des pommes
de terre jusque sur le bord des routes ;
et la patrie des âniers, où il reste en-

5

core beaucoup d'ânes, sortait brillante
de ses ruines et de son apathie !!!....
Mais, hélas! maître Martin butte, « et je
me retrouve Gros-Jean comme devant. »
Ce n'était qu'un rêve, assez agréable il
est vrai ; et, comme dit le bon Collin ,

C'est quelque chose encor que de faire un beau rêve.

Tant bien que mal, le trajet que j'avais
à parcourir était achevé ; un instant
suffisait pour me rendre au quai des
Augustins ; je renvoyai donc et le jokei
et l'âne de la rue de la Harpe : l'un,
enchanté de ne plus aller à pied, l'autre,
ravi de retourner à son écurie ; et moi,
fatigué du pas mal assuré de cet animal :
ainsi nous étions tous trois satisfaits.

Je me trouvai, sans m'en douter,
dans le faubourg Saint - Germain : la
première chose qui y frappa mes regards, fut le luxe des habitans.... Que
ces Parisiens sont déjà loin, me dis-je,
de l'antique simplicité des Romains !
Une pareille réflexion me rappela aussitôt ces beaux vers de la *Pipe cassée :*

Romains, qu'êtes-vous devenus?
Vous, à qui les mœurs, les vertus,
Servirent long-temps de parure,
Amis de la simple nature,
Le luxe, idole de Paris,
Etait l'objet de vos mépris ;
Votre sagesse, sans limite,
Ne mesurait pas le mérite
Au vain éclat de l'ornement ;
Et vous saviez également
Faire rougir ceux qui, sans place,
Sans dignités, avaient l'audace
De ressembler par leur éclat
A ceux qui gouvernaient l'Etat.
Mais, ici, quelle différence !
On n'estime que l'apparence ;
Et c'est ce qui cause l'abus
Des états, des rangs confondus ;
C'est ce qui cause que Françoise,
Pour avoir l'air d'une bourgeoise,
Vient de se donner un jupon
De satin rayé sur coton ;
Que Margot vient de faire emplette
D'une croix d'or d'une grisette,
Et que Nicole, en s'endettant,
Vient à peu près d'en faire autant.
. . . .
. . . .
. . . .

« Que je me trouve heureux de pouvoir rendre à un poète immortel, » à

Vadé, « le même honneur que d'autres, avant moi, ont rendu à Homère
et à Virgile !.... Quiconque est sensible
à la beauté de l'art, à l'intérêt d'une
composition poétique, à la richesse
des détails, à la vérité des caractères,
doit faire, « de la *Pipe cassée* », sa lecture favorite... C'est sur-tout le poème »
des Mariniers, « il respire » la joie et
le mauvais ton ; et, comme je l'ai dit
dans les *Amours d'Eudore et de Cymodocée*, « il semble écrit » sur un bateau, parmi les bouteilles.

« Ce ne sont pas quelques pensées
éclatantes au milieu de beaucoup de
choses communes : ce n'est qu'une belle
troupe de pensées qui se conviennent
et qui ont toutes comme un air de pa-
renté.... C'est le groupe des enfans de
Niobé, nus, simples, pudiques, rougissant, se tenant par la main avec un
doux sourire, et portant, pour seul
ornement, dans leurs cheveux une couronne de fleurs. »

J'aurais voulu examiner, et je verrai
quelque jour, s'il me prend encore envie de voyager, « le théâtre où » Vadé
« a placé » l'action de sa *Pipe cassée.*
Ce théâtre n'occupe pas plus d'un quart
de lieue de terrain ; « et le poète a si bien
marqué les divers lieux de son action,
qu'il ne faut qu'un coup-d'œil pour les
reconnaître. »

Dans mon enthousiasme pour le
Poète de la Grenouillère, je ne m'apercevais pas que déjà les rivages, les beaux
rivages de ce fleuve des Gaules, qui
séparait la Belgique de la Gaule celti-
que, allait enchanter mes regards :
beaucoup de gens diraient tout simplement la Seine ; mais je ne parle pas
comme tout le monde, et les noms vul-
gaires conviennent peu à mon style. Je
considérai d'abord cette vaste étendue
d'eau avec assez d'indifférence..... Le
faubourg St.-Marceau « m'avait un peu
gâté sur le compte des fleuves. » J'aurais bien salué cette nappe d'eau par

tous les vers que je savais à sa louange ;
mais, malheureusement, aucuns n'é-
taient restés dans ma mémoire. Une autre fois j'aurai soin d'emporter des livres;
les choses les plus belles s'oublient!

Plus j'avançais, plus mon embarras
augmentait : quel chemin devais - je
suivre, non pour m'embarquer, car
mon projet était d'attendre le retour
du soleil ? J'abordai sans façon un
commissionnaire du coin, afin de savoir à quelle porte il fallait frapper, si
je voulais me livrer au repos. L'assurance avec laquelle un étranger s'a-
dresse à un Savoyard pour connaître
le nom d'une rue, l'emplacement d'un
hôtel garni, la demeure de telle ou telle
personne, a « quelque chose de touchant et rappelle les anciennes mœurs;
c'est une noble confiance de l'homme
envers l'homme. »

Le Cicérone du coin « m'épargna le
temps qu'on perd à tâtonner, à deviner, à chercher, quand on arrive seul

dans un monde nouveau, » et m'indiqua le meilleur hôtel du quartier. Tu
seras surprise, peut-être, et avec raison, du peu de chemin que je fais par
jour; mais, je te l'ai déjà dit, j'exa-
mine tout, et tout très-longuement;
souvent même je reste des heures entières assis devant tel ou tel monument,
tel site, tel jardin, telle ruine, telle
masure, pour dessiner l'un, pour admirer l'autre, pour chercher à deviner à
quel ordre d'architecture, à quel siècle
appartiennent les autres; enfin, presque toutes mes notes sont rédigées sur
les lieux; une borne, un banc me suf-
fisent : plus d'une fois je n'ai pas eu d'autre
bureau... je ne suis pas difficile. Je passai
donc la nuit tant bien que mal dans
la maison qu'on m'avait montrée : le
ciel était couvert, la Sequana sombre
et orageuse; je m'endormis au bruit des
flots; et, tout en dormant près du pont
Saint-Michel, au coin de la rue Gît-le-
Cœur, je réfléchissais, et je me disais :

« Le triste murmure » de la fontaine
de Pantin « est le premier son qui ait
frappé mon oreille en venant à la vie ;
à combien de rivages n'ai-je pas vu se
briser depuis les mêmes flots que je
contemple ici ! Qui m'eût dit, il y a
quelques années, que j'entendrais gémir sur les rives » de la Sequana, près
du petit Pont de l'Hôtel-Dieu, « ces vagues que je voyais se dérouler sur les
beaux sables de la Messénie ? Quel sera
le terme de mon pélerinage ? Heureux
si la mort m'eût surpris avant d'avoir
commencé mes courses sur terre, et
lorsque je n'avais encore » de contes
à faire à personne !

CHACTAS.

LETTRE IX.

Je ne mets pas une seule fois la main
à la plume , ma chère Atala, sans re-
gretter d'être contraint à confier au
papier un récit que j'aurais eu tant de
plaisir à te faire de vive voix. Quel
charme inexprimable de te voir sourire
à mes aventures, me prêter toute ton
attention, t'extasier en recueillant ces
phrases pompeuses , ces expressions
fortes et sublimes , que presque tous
les lecteurs trouvent admirables, parce
qu'ils ne les entendent pas!!.... Mais ,
hélas! inutiles désirs!.... nous sommes
séparés pour long-temps encore peut-
être!!.... contentons-nous du seul
moyen qui nous reste, pour nous com-
muniquer nos pensées ; écrivons.....,
mais je m'apreçois que je laisse errer
ma plume au gré de mon imagination,
et que j'abandonne mon récit. J'ai be-

soin d'un instant de réflexion, pour me
rappeler où tu m'as laissé. Ah! j'y suis....

J'habitais la capitale des Parisii, à
l'opposé du bras méridional de la Sequana, du moins je le crois. J'avais re-
commandé qu'on vînt m'éveiller à la
pointe du jour. J'eus à me louer de
l'exactitude des gens de l'hôtel, car
cinq heures du matin sonnaient encore,
que déjà j'avais payé mon hôte, qui,
moins tourmenté que moi de la manie
des voyages, et rassasié sans doute de
la vue de ces beaux rivages qui allaient
exciter mon admiration, après m'avoir
souhaité beaucoup de plaisir, était re-
tourné se mettre au lit.

Le premier objet qui me parut digne
de fixer mon attention, de captiver
mes regards avides, fut ce superbe
quai de la Vallée, où l'on voit cimétriquement rangées mille échopes « qui
représentent des colonnes, des portiques. » Sous ces portiques, autour de
ces colonnes, stationnent, circulent des

milliers de marchandes, des légions de cuisiniers « qui semblent n'être là que pour acheter, vendre et mourir... » Eh! quoi! me disais-je, c'est là « cette Lutèce, c'est-à-dire la belle pierre, ou la belle colonne, » dont l'intérieur n'offrait jadis que des huttes de bois et de terre recouvertes de paille et échauffées par des fourneaux, et qui n'avait, pour toute défense, que deux misérables châteaux où l'on payait le tribut à César?

La foule des charlatans, le manque de chaises à porteurs, « et les meutes de chiens sans maîtres, » furent les trois choses qui me frappèrent le plus « dans l'intérieur de cette ville extraordinaire. » Mais comme on se lasse d'admirer, même les plus belles choses, je détournai bientôt mes regards du quai de la Vallée pour les porter sur la Sequana, « qui était dans toute sa beauté, et coulait à plein bord sans couvrir ses rives. L'eau » de la Sequana « était, dans

cet endroit, d'un rouge tirant sur le
violet, de la couleur d'une bruyère en
automne ; plus loin, elle était pâle et
tranquille. » Quelques bateaux remplis
de sages et d'enfans qui pêchaient à la
ligne ; des bains qui égalaient au moins
en magnificence ceux que firent construire Dioclétien et Alexandre-Sévère,
couvraient seuls cette vaste étendue
d'eau qui séparait les deux rivages. Cent
pas plus loin, je me trouvais sur le Pont-
Neuf, chef-d'œuvre du génie de l'architecture au seizième siècle. J'avais toujours entendu dire qu'il était impossible
de passer sur ce pont sans rencontrer
trois choses : 1° un cheval blanc, 2° un
moine, 3° une..... Le cheval blanc fut
en effet la première chose que j'aperçus.... Il n'y a plus de moine..... Quant
au reste.... je ne m'y connais pas. . . .

. . . .

Destiné à marcher de prodiges en prodiges, je vis se dessiner à ma droite
le superbe quai de la Ferraille, où les

chefs-d'œuvre de la serrurerie sont,
dit-on, présentés à l'admiration publi-
que.... « Je n'avais pas assez de mes
yeux pour regarder. »

Suivant le cours de la Sequana, et
m'arrêtant une heure devant chaque
maison, cherchant partout des ruines
ou des chefs-d'œuvre, ma curiosité in-
fatigable semblait interroger tous les
objets. Le crayon à la main, j'esquissais
une vue, je traçais un plan, je prenais
une note : tout cela demande du temps,
et souvent il m'arrivait d'employer quatre heures à faire un chemin que le
piéton le plus paresseux eût parcouru
en quelques minutes.

Un homme qui sans doute avait peu
de chose à faire, et que d'abord je n'a-
vais pas aperçu (j'ai appris depuis que
ces sortes de gens s'appelaient mu-
sards), riait de mon étonnement, de
mes mouvemens admiratifs, de mon
extase ; peut-être aussi mon costume
lui paraissait-il singulier. Compléte-

ment armé, botté, éperonné, et j'avais
à la main un fouet qui m'avait sur-tout
été très-nécessaire pour faire doubler
le pas à l'âne du palais des rois de
France de la première et de la seconde
race. J'aurais bien pu, comme certain
voyageur de ma connaissance, qui
n'aime pas que les Turcs l'approchent
de trop près, afin de faire cesser le
rire sardonique de mon compagnon
d'un instant, « lui sangler à travers le
visage un coup de fouet si bien appli-
qué, qu'il eût été obligé » de passer
son chemin. Quand je l'aurais fait,
serait-il bien nécessaire, bien in-
téressant de te le dire ? Mais rassure-
toi : plus prudent, ou plus sage, je
préférai le parti de la douceur, et trouvai dans mon homme un Cicérone fort
aimable, et sur-tout possédant sa Lutèce sur le bout du doigt. Aussi, en passant devant la rue Guénégaud, il n'at-
tendit pas que je le questionnasse, et
m'apprit, entre autres particularités,

que dans cette rue était jadis l'hôtel de Nesle, d'où certaine reine guettait les passans, les faisait appeler, et, après en avoir tiré ce qu'elle voulait, ordonnait qu'on les précipitât de la tour en bas dans l'eau.

Où est la reine
Qui commanda que Buridan
Fût jeté en un sac en Seine ?....

J'indiquai du doigt un édifice magnifique toujours à ma gauche. Vous voyez, me dit-il, l'Hôtel de la Monnoie. Le temple de la Fortune est un des plus beaux monumens que je connaisse. Je suis obligé de le dire, « malgré mon mépris pour Plutus, » j'aurais bien envie d'en copier la description et de te la donner ici; mais je t'en fais grâce. D'ailleurs, par goût j'aime mieux peindre des ruines, des déserts, des solitudes; cela est plus gai et flatte davantage l'imagination.

Je n'eus pas besoin de m'informer quel était le palais majestueux qui em-

bellissait l'autre bord de la Sequana :
on a de la lecture ! et l'on devine le
Louvre au premier aspect... Que vis-je ?
combien je fus étonné ! Tous les voyageurs que j'avais lus et consultés di-
saient ce vaste édifice inachevé ; ils
accusaient la mémoire des rois qui ont
sacrifié des millions pour faire élever
à grands frais des monumens déjà dis-
parus, et n'ont pas songé à éterniser
leurs règnes en faisant mettre la dernière main à ce chef-d'œuvre. Les
voyageurs modernes s'exprimeront bien
autrement ; car ce palais, je t'assure,
est rayonnant de magnificence. L'art
avait indiqué des miracles, le génie a
ordonné de les exécuter. Ce brillant
séjour des rois existe dans toute sa perfection, et, comme l'a dit un poète
lauréat dont je me rappelle fort à
propos les vers :

Toi sur-tout qui vieillis avant d'être achevé,
Monument que dix rois n'avaient point élevé,
Répare les lenteurs d'une imparfaite gloire,
Qui, même en l'honorant, accusait leur mémoire.

Napoléon a dit à ce Louvre orgueilleux :
Sois le palais des rois et l'Olympe des dieux.....
Soudain, avec cent bras, la grue obéissante
Elève sur ces murs la poutre frémissante.
La pierre qui gémit sous l'acier des marteaux,
En socles s'arrondit, se courbe èn chapiteaux.
Le monument s'achève, et sa pompe nouvelle
Pare, sans la cacher, sa vieillesse immortelle...

C'était bien le cas, j'espère, de saluer le Louvre par tous les beaux vers que je savais à sa louange : aussi, je n'y manquai pas, et ne repris mon chemin qu'après avoir étonné mon compagnon par un flux d'érudition. Oh ! il y a peu d'hommes qui aient la tête aussi meublée de citations, que moi. Quand j'écris, tu sais que j'en fais une prodigieuse dépense : c'est de l'esprit qui ne coûte rien. N'est-il pas plus simple, plus économique de prendre les bonnes choses chez les autres, que de les chercher dans sa tête ? Je me suis fait là-dessus des principes très-commodes.

Crois-tu, par exemple, que, lorsque dans mes ouvrages je cite des passages du Tasse, je me sois amusé à les tra-

6

duire? Non... « Je m'empare d'une traduction, qui dispense de l'original. »
Penses-tu, parce que j'ai cité des passages
d'Homère, que j'aie été assez dupe pour
remonter à l'original? Non... je t'avouerai même en confidence que j'aurais été
fort embarrassé, par une raison que tu
concevras aisément ; mais comme je ne
suis pas obligé de la dire à tout le
monde, je n'hésite pas plus à citer du
grec, que de l'arabe, de l'hébreu, etc.,
etc., etc., etc., etc., etc., etc., etc., etc.
T'imagines-tu, quand je parle de Di-
don, de ses malheurs, de Rome, de
Carthage, de la guerre punique, que
j'aie pris la peine d'étudier l'histoire,
pour donner à mon récit cet air de vérité auquel on reconnaît l'historien qui
sait, et qui sait bien? Folie!.... Cela se
trouve par-tout : je le prends; mais
toutes ces choses deviennent ma propriété, puisqu'elles font partie d'un ouvrage à la tête duquel mon nom est
placé. Je trouve occasion de parler de

la mort de Pompée : vîte , je vais chercher, non pas Plutarque , mais la ver-
sion, toujours nouvelle quoique vieille ,
toujours piquante et originale , de son
traducteur : je déchire huit pages d'A-
myot pour les coudre à mon cahier. Si
l'occasion, par exemple, se présente
de faire un jour la description des
Saints-Lieux , j'ai entendu dire que
Deshayes en a parlé.... je chercherai le
livre, et douze pages entières devien-
dront mon partage.... Te serait-il, par
hasard , venu dans l'idée que j'eusse lu
le premier feuillet de tous les auteurs
que tu m'as souvent entendu citer? J'ai
parlé de Vera Quallardo , de Pierre de
la Vallée , de Belon-Cachermois , de
Renaud, de Giraudet, du P. Pacifique ,
de Monconys , du frère Roger, du
P. Nau , de Muller, de Vanzow , de
Niebur, d'Hécatée, d'Abder, de Dios-
coride , des compilateurs du Talmud et
de la Mischna, de Massudi , de Ibn
haukel ibn al quadi Hamdoullah, Abul-

feda , et de mille autres , depuis les
auteurs profanes jusqu'aux Pères de
l'Eglise : eh bien !

Si j'en connais pas un , je veux être étranglé.

Souvent je ne sais même pas dans quelle
langue ils ont écrit : des auteurs venus
avant moi, et dont la vie entière fut
consacrée à l'étude de tous ces écrivains, ont pris la peine de les citer :
écho fidèle, j'ai répété ; copie aux yeux
des savans , je suis original aux yeux
des ignorans ; et, comme c'est le plus
grand nombre, le succès que je cherche
est toujours le succès que je trouve.
Dans tout, il y a du métier : on parle
hardiment, on encense , on censure,
on cite tous les auteurs ; on donne leurs
connaissances pour les siennes... qu'importe, le livre se trouve fait ; et, comme
l'a dit un confrère que j'ai beaucoup
loué , et qui m'a beaucoup loué : « *Plus*
ineptes et plus ignares , nos compila-
teurs ne se bornent pas à faire tran-

*quillement le métier de fripiers litté-
raires ; ils pillent sur les grands chemins
du monde savant : leur avidité extrême
ne leur laisse pas le temps de disposer
les produits de leurs brigandages. Munis
de quelques livres et d'autant de paires
de ciseaux, ils se bornent à fabriquer à
la hâte une compilation....* Ce confrère-
là s'y connaît...... Vous êtes orfèvre,
monsieur Josse..... Aussi, quand je
l'entends crier contre les compilateurs...... il me semble toujours voir
Frédéric réfutant Machiavel, ou, suivant l'expression un peu triviale de Voltaire, crachant au plat pour en dégoûter
les autres... Cela ne te fait-il pas le même
effet ?

Tandis que je me laisse entraîner à
une longue digression, je ne m'aperçois
pas que la nuit est déjà un peu avan-
cée, sur-tout que je n'ai pas encore
soupé : c'est ce que je vais faire. Je te
souhaite le bonsoir ; aussi bien ma vue
se fatigue. « Je sens ma tête vide »

comme après un long jeûne ; « mes yeux affaiblis voient voltiger une multitude d'étincelles et de bulles de lumière autour de moi. Je n'ai plus que des idées confuses, mais douces. »

CHACTAS.

~~~~~~~~~~~~~~~~~~~~~~~~~~~~

LETTRE X.

Après une course assez longue, ma chère Atala, je rentre pour causer avec toi : c'est le moyen de m'arracher à ma tristesse, oui, à ma tristesse ; car je n'ai plus cette gaîté folle que tu m'as connue, lorsque les Muscogulges s'apprêtaient à me brûler, et que paraissant sous les liquidambars de la fontaine, tu eus la force de rompre mes liens, qui ne tenaient pas beaucoup, et l'adresse de ne pas réveiller mon gardien, qui dormait du somme le plus profond : alors j'étais charmant. Aujourd'hui tu pourrais bien dire, si tu savais le latin : *quantùm mutatus ab illo!* « D'épaisses ténèbres, comme une fumée, s'élèvent dans mon ame : je me trouve des idées inconnues, et le langage de l'enfer s'échappe naturellement de ma bouche. » Je dois l'a-

vouer, pourtant, ma retraite m'est
utile : seul à Pantin, n'ayant rien de
mieux à faire, je m'amuse « à descendre dans ma conscience ; je sonde des
plaies que je n'avais pas encore osé
toucher, » depuis qne je suis éloigné
de toi. « Je perds chaque jour un peu
de cette inquiétude si amère que nourrit le commerce des hommes : cependant je trouve encore dans la mollesse
de mes sentimens un certain charme qui
m'arrête..... Mes passions sont comme
des femmes séduisantes, qui m'enchaî-
nent par leurs caresses. » Je me rappelle encore par fois notre première
promenade au désert, et ce baiser......
Mais, silence ! chez un homme qui,
comme moi, a vécu chez les sauvages,
« les passions sont sérieuses, et les
conséquences terribles : » d'ailleurs,

Tout cela fait venir de coupables pensées....

et m'éloigne de la route que nous avons
à parcourir ensemble : revenons-y donc.

Mon compagnon, très-bavard de sa nature, m'avait déjà cité « un million de faits historiques » sur le Louvre; et moi, qui me rappelais très-bien avoir lu partout ce qu'il s'imaginait m'apprendre, je laissais insensiblement tomber la conversation... Je m'impatientais « comme un écolier dont l'heure de récréation n'est pas encore arrivée. »

Le bavard le plus intrépide se tait quand il ne sait plus que dire ; c'est ce qui arriva : il y avait près de trois heures que nous étions assis sur le parapet vis-à-vis le Louvre , lorsque le doigt indicateur de mon compagnon se dirigea vers un édifice assez régulier. Empressé, je levai les yeux, et je lus sur le frontispice ces mots solennels : *Institut de France :* sage précaution pour indiquer aux passans que cet Institut n'est pas celui d'Afrique ou d'Amérique.... L'Institut! à ce nom seul , mon cœur tressaillit. J'avais souvent rêvé que l'entrée de cette enceinte savante m'était interdite... Un rêve plus séduisant s'offrit à mon imagination : je m'y voyais reçu, admiré... et... « je me consolais d'un songe par un songe. » Qui peut prévoir à quel sort je suis réservé? L'espérance est le dernier sentiment qui meurt dans le cœur de l'homme : espérons donc ; et, puisque mon interprète se contente de rire d'un rire malin à chaque question que je lui fais sur cette illustre société, sur ses usages, ses formes, ses principes.... respectons ou ses secrets, ou son ignorance. Tu es peut-être étonnée que moi, si prodigue de réflexions, je n'en fasse aucune sur l'Institut? Patience!... chaque chose a son temps, et je lui prépare..... Mais voyons un instant ce pont si élégamment jeté sur la Sequana, le premier de cette forme qu'on ait construit en France.

Quel spectacle tour à tour varié et imposant! Là, le sanctuaire des sciences et des arts ; ici, le temple du dieu des

richesses ; plus loin, une place de fia-
cres ; devant moi, le derrière des bou-
tiques du Pont-Neuf ; sous mes yeux,
des trains de bois, des bateaux de char-
bon, des bains couverts en toile, des
chevaux qui viennent boire...... La Sequana, « qui étendait autour de ces
derniers objets sa nappe bleue, et le
ciel qui déroulait au - dessus un autre
champ d'azur, voilà ce que j'admirais »
dans cette belle position. Qu'on dise,
après cela, que Constantinople offre le
plus beau point de vue de l'univers.

Je ne vis rien de remarquable sur
notre route jusqu'au moment où nous
arrivâmes au Pont - Royal, si ce n'est
une certaine maison où respirèrent
tour à tour, et belle et bonne, et le vieillard de Ferney. Il suffisait de me nom-
mer le palais des Tuileries, pour que
je désirasse en approcher..... J'ai vu
Pantin et presque les quatre parties du
monde ; mais je trouvai encore des
yeux pour admirer de nouveaux chefs-

d'œuvre. Tandis que je communiquais
et mes désirs et mes réflexions à mon
interprète, nous avions franchi l'espace, et la terrasse du palais des rois
entendait retentir nos pas. Quel air
de grandeur, de majesté étonne, en-
chante les regards ! on devine la demeure d'un héros !!.....

Je saluai ces beaux lieux par tous les
vers que je savais à sa louange.

Le tribut d'admiration payé, mon
Cicérone me fit remarquer, le long de
la terrasse, un groupe de gens qui, assis
à l'ombre, parlaient tous ensemble....
Nous approchons : des femmes aux
soins desquelles on avait confié de
jeunes plantes à peine échappées des
mains de la nature ; des enfans qui es-
sayaient encore leurs pas et semblaient
annoncer par leurs jeux ce qu'ils seraient un jour; des sages, vieillis par
l'âge et par l'expérience, s'occupaient
tour à tour de plaisirs, de politique,
de danse, de nouvelles.... L'un dessi-

nait sur le sable fugitif la marche de
nos armées, l'autre dictait les lois de
l'Empire ; un autre comparait les temps
et les événemens ; les marmots faisaient
crier leurs coucous, sauter leurs poli-
chinelles.... Parmi toutes ces personnes, dis-je à mon compagnon, laquelle,
selon vous, est la plus heureuse, ou de
l'enfant avec son ignorance, ou du vieillard avec son long savoir ?.... — Eh !
mais .... — Vous n'en savez rien ? je
vais vous le dire. « L'enfance est heureuse, parce qu'elle ne sait rien. La
vieillesse est si misérable, parce qu'elle
sait tout : heureusement pour elle,
quand les mystères de la vie finissent,
ceux de la tombe commencent. »

Cette réflexion parut trop forte ou
trop sublime pour mon compagnon ;
car, sans me répondre, il m'engagea à
parcourir le jardin, attendu que bientôt il serait obligé de se séparer de
moi, et qu'il désirait ne me quitter
qu'au moment de mon embarquement.

Nous repassâmes donc le pont pour rejoindre les quais.

Le soleil, « ce vieil astre qui s'endort fatigué, et brûlant dans la poudre du soir, » allait rejoindre son lit. Il eût fallu à tout autre dix minutes pour gagner le port ; mais j'y mis au moins trois heures (je ne marche pas comme tout le monde) : plus on est pressé, moins on avance ; c'est assez l'ordinaire. Nos fûmes arrêtés, en tournant le pont, par deux cochers qui se battaient avec acharnement, sans qu'une seule des deux cents personnes qui s'amusaient à les regarder s'avisât de les séparer. Comment les Parisiens si renommés pour leur galanterie, leur politesse, la délicatesse de leur goût, trouvent-ils du plaisir à voir deux hommes se battre à coups de pied et à coups de poing ? N'ont-ils pas de plus beaux spectacles ? « Apparemment que le génie des nations s'épuise, et que, quand il a tout produit, tout parcouru, tout goûté, rassasié de ses propres chefs-d'œuvre, et incapable d'en produire de nouveaux, il s'abrutit, et retourne aux sensations purement physiques. »

Spectateurs peu curieux de cette lutte, nous nous fîmes passage à travers la foule; l'heure nous pressait d'autant plus, que déjà la lune prêtait son flambeau à cette scène sanglante. « Elle se levait à l'approche des ténèbres, comme une blanche vestale qui vient pleurer sur le cercueil d'une compagne, et répandait dans les ténèbres ce grand secret de mélancolie qu'elle aime à confier aux vieux chênes » et aux marroniers.

Devenus tout-à-fait silencieux, nous n'aspirions plus tous les deux qu'à l'instant de nous séparer.

Enfin, arrivé au port, déjà je contemple le vaisseau, que le vent battait avec violence et sur lequel j'allais cependant monter. Mais quelle fut ma sur-

prise, lorsqu'on vint m'annoncer qu'on
avait entrevu dans les airs quelques
astres sinistres, précurseurs des tempêtes, et que, par prudence, on n'ap-
pareillerait que le lendemain de grand
matin, aussitôt que les ombres de la
nuit feraient place aux premiers rayons
du jour! Il fallut donc quitter mon
guide, et nous nous souhaitâmes réci-
proquement un bon voyage.

Je ne pus me défendre d'une certaine émotion « en le voyant s'éloi-
gner. Je sentis qu'il allait revoir seul »
cette ville « que nous avions parcourue
ensemble ; il était » probable que nous
ne nous rencontrerions jamais. Je
me représentais la destinée de cet
homme, si différente de ma destinée,
ses chagrins et ses plaisirs, si différens
de mes plaisirs et de mes chagrins, et
tout cela pour arriver aux mêmes lieux,
lui, dans le beau et grand cimetière de
Clamart ; moi, sur les grands chemins
du monde, dans les faubourgs de quel-

que cité, ou à l'ancienne maison du P. la
Chaise.

La première auberge qui s'offrit fut
aussi la première que je choisis. Je
m'enfermai non pour dormir, mais afin
de rédiger mes notes. Avec des notes
on fait bien des choses! Il n'y avait pas
cinq jours que j'avais quitté Pantin, et
déjà j'étais près des Invalides......
Comme on avance en marchant toujours! Il était onze heures ; « le jour
bleuâtre et velouté de la lune descendait
dans les plis » de mes rideaux, « et
poussait des gerbes de lumière jusque
dans l'épaisseur des plus profondes ténèbres de » mon alcove... J'allais enfin
quitter la plume pour céder au sommeil,
quand j'entendis sous ma fenêtre les
accords d'une vielle organisée..... Je
regarde ; c'était un vieillard, chez lequel
tout annonçait l'extrême misère, et qui,
en revenant de quelque guinguette, voulait, avant de regagner sa chétive demeure, faire entendre les derniers chants

7

du cygne ; car il se mit à soupirer, sous ma croisée, une complainte bien lamentable, que je n'eus pas le courage d'écouter. Après lui avoir jeté une pièce de monnoie, je fermai ma fenêtre et m'acheminai vers mon lit, en « pensant qu'il y a sans doute quelque harmonie cachée dans le malheur, car tous les infortunés sont enclins au chant. »

CHACTAS.

LETTRE XI.

M<small>A CHÈRE</small> A<small>TALA</small>,

« Une brûlante insomnie me fait quitter ma couche » à la pointe du jour.
Les heures que je n'ai pas données au
sommeil ont toutes été pour toi. « As-
tu entendu, la nuit dernière, le gémis-
sement d'une fontaine dans les bois,
et la plainte de la brise dans l'herbe qui
croît sur ta fenêtre ? C'était moi qui
soupirais dans cette fontaine et dans
cette brise. » Je sais que « tu aimes le
murmure des eaux et des vents : » y a-t-il
rien de plus galant, de plus sentimental... Que ne puis-je « me glisser » chez
toi, « sur les rayons de la lune, prendre
la forme d'un ramier et voler sur la »
cheminée de la maison que tu habites...
Insensé ! les mêmes jours ramènent les
mêmes désirs, et tu trouves peut-être

que, au lieu de ces rêves chimériques, je devrais arriver au port et m'embarquer. Rien de plus juste.

« Le soleil s'éveillait, humide de rosée, dans les voiles blanchissantes de l'aube ; le jeune rossignol, l'Homère des oiseaux, » se faisait entendre au sommet de l'arbre qui ombrageait ma fenêtre ; « il chantait en échauffant les fragiles espérances de ses premières voluptés. » Ce gazouillement éternel empêchait sans doute la servante d'entendre que, depuis une heure, je sonnais pour qu'on vînt m'apporter mon déjeûner. Quand on attend, on s'impatiente, le temps paraît bien long, les secondes sont des heures ; et, comme je l'ai dit quelque part, « depuis la mort d'un insecte jusqu'à la naissance d'un monde, chaque minute est en soi une petite éternité. »

Tout en maudissant la lenteur des domestiques, je procédai à ma toilette. Le coiffeur, averti la veille, vint m'arranger « cette chevelure que Dieu jeta, comme un voile, sur les épaules du jeune homme, et comme une couronne, sur la tête du vieillard. »

Payé, congédié, il se retira, et je vis enfin entrer, non la servante, mais la maîtresse de l'auberge. C'était une brune fraîche et piquante, ayant à peine quarante ans. « A ses yeux bleus, à sa haute taille, à sa beauté, » je crus reconnaître en elle le sang des Héraclides, et je m'imaginai être transporté dans le Péloponèse. Quelle idée bizarre ! j'étais bien loin de la vérité ; car elle m'apprit qu'elle avait tout simplement vu le jour à Pontoise ; mais « voilà comme nous sommes, nous autres amateurs de l'antiquité, nous faisons preuve de tout. »

Cette femme offrait avec tant de grâce, qu'il eût été difficile de refuser. Petits soins, prévenances aimables. . . . sur-tout une politesse extrême. . . . Il paraît que son mari lui avait répété souvent,

Sois polie avec tout le monde ,
Pour achalander la maison.

Elle avait très - bien retenu la leçon ;
car elle ne s'en allait pas, et j'étais loin
de songer à la congédier. Combien de
fois, mon Atala, je me suis reproché
cette attention, bien innocente cependant !... Monsieur va loin ? me dit-elle.
Oui, Madame. — De quel pays Monsieur vient-il ? y a-t-il long-temps qu'il
est parti ? est-ce par curiosité, est-ce
pour affaires que Monsieur voyage ?
Monsieur est-il artiste, peintre, poète,
musicien ? Dans tous les cas, je souhaite à Monsieur un vent favorable,
une traversée heureuse, une santé parfaite, succès et courage. « Ces paroles
sortirent de sa bouche comme on voit
les flots majestueux d'un fleuve couler
lentement dans une campagne qu'ils
embellissent de leur cours. »

Un autre que Chactas eût pu se laisser entraîner par un pouvoir fatal ;
« les yeux » de l'aubergiste « attiraient »

le voyageur, « comme les regards du
serpent fascinent les oiseaux dont il
fait sa proie. » Bref, elle sortit en me
laissant et mon déjeûner et la note de
ce que je devais. Six minutes après, je
me retrouvai sur ce quai, témoin, la
veille, de mes longs adieux avec le compagnon que le hasard m'avait donné.

Je montrai à mon hôtesse, qui était
restée sur la porte, que le vaisseau
n'attendait plus que moi et un bon vent
pour affronter les tempêtes et les dangers. Peut-être pensait-elle qu'au lieu
d'aller courir le risque de me noyer,
j'aurais mieux fait de rester en paix à
Pantin, ou ailleurs ; mais le destin et
mon goût l'avaient voulu : je devais être
voyageur ici-bas. « Ce n'est pas qu'a-
près tout, le désir du repos ne soit naturel à l'homme ; mais le but qui nous
paraît le moins élevé, n'est pas toujours le plus facile à atteindre, et souvent la chaumière fuit devant nos yeux
comme le palais. »

Mon imagination était bien disposée ; et dans le maître batelier, avec lequel je fis mon marché (1), je voyais un capitaine de vaisseau. Moitié triste, moitié content, j'approchai du rivage en jetant un long regard sur la belle cité que je quittais sans la connaître ; et poussant un soupir prolongé que m'arrachait le souvenir de mon village . . . reverrai-je jamais Pantin ? me disais-je... ! ! ! Ah ! ma chère Atala, « nous avons pour notre pays mille raisons d'amour. Une partie de notre existence est attachée à la couche où reposa notre bonheur, et sur-tout à celle où veilla notre infortune.

« Loin des bords qui nous ont vu naître, la nature est comme diminuée. »

Amour de nos foyers, quelle est votre puissance !
Quels lieux sont préférés aux lieux de la naissance !
. . . .
. . . .

_____

(1) On trouve ce marché à la fin de l'ouvrage.

Virgile abandonnait les fêtes de Capoue
Pour rêver sur les bords des marais de Mantoue,

. . . .
Et dulces moriens reminiscitur Argos.

Et les deux vers de B...... et celui de Virgile venaient naturellement se présenter
à ma mémoire : j'en aurais bien trouvé
d'autres ; mais, en avançant le nez en
l'air, je marchai sur la patte d'un chien
danois qui était couché près du bateau.
Je voulus le caresser, m'en faire un
ami.... il est bon d'en avoir partout ;
mais inutilement : je n'ai pas vu d'animal plus hargneux. Mordu violemment
à la jambe, j'assénai à ce danois rebelle
un tel coup de bâton, que je l'étendis
roide mort. Je montai vîte dans l'es-
quif, craignant le mauvais parti que
le maître de cet animal pourrait me
faire ; mais, hélas ! je fuyais sur les eaux
après avoir causé la mort d'un chien !
et « pourtant, homme sans gloire et
sans avenir, je n'étais pas, comme
Enée, le dernier héritier d'Ilion et

d'Hector ; » je n'avais pas, comme lui, pour excuse l'ordre du ciel et les destinées de l'Empire Romain.

Mais tandis que je suis si bien en train d'écrire, on sonne à ma porte : au diable les importuns ! C'est l'adjoint du maire de Pantin qui m'envoie prévenir, premièrement, que sa femme est accouchée ; secondement, que le greffier du juge de paix est mort... Je te laisse donc pour aller au baptème et à l'enterrement. Cette situation singulière n'amène-t-elle pas admirablement cette réflexion que j'ai faite depuis long-temps ? « L'Éternel a placé la naissance et la mort sous la forme de deux fantômes voilés, aux deux bouts de notre carrière : l'un produit l'inconcevable moment de notre vie, que l'autre s'empresse de dévorer !!!!! »

CHACTAS.

LETTRE XII.

Sorti de chez moi dans la matinée, j'emporte tout ce qu'il me faut pour écrire, et je suis installé au milieu des Prés-Saint-Gervais. Là, je commence ma lettre à l'ombre d'un vieux chêne et au bruit du chant mélodieux de mille oiseaux auxquels le printemps avait rendu la gaîté. « La nature a ses temps de solennités, pour lesquels elle convoque des musiciens des différentes parties du globe. » Ces légers habitans des airs, en redisant leurs amours, me rappellent nos soirées délicieuses, et nos entretiens plus doux encore dans les Savanes : il me semble revoir ces beaux lieux; tant il est vrai que « quiconque a été nourri par la femme, a bu à la coupe des illusions! » Je m'abandonnerai donc encore plus d'une fois à ces filles brillantes de l'imagination, avant d'avoir achevé le récit de mon voyage, auquel je m'empresse de revenir.

Le fleuve, impatient de porter notre bateau, qu'avec un peu d'imagination je prenais ou j'aurais pu prendre pour un vaisseau, agitait ses vagues; mais le vent était violent et contraire, ce qui ne laissait pas de causer beaucoup d'humeur à l'équipage, composé d'un pilote, gros et joufflu, plein de jeunesse et de santé, la boucle à l'œil, la pipe à la bouche, tantôt silencieux, tantôt chantant à perdre haleine, et tenant le gouvernail d'une main ferme. Ne trouves-tu pas qu'il « représentait assez bien le Temps passant dans sa barque un voyageur aux rivages déserts de la Grèce ?» A l'autre extrémité du bâtiment étaient deux jeunes nautoniers : seul passager, je pouvais aller et venir tout à mon aise dans ce bateau, que je veux appeler vaisseau, tant mon imagination a de dédain pour les petites

choses! Ce vaisseau était le moins orné
qu'il fût possible de voir. Qu'importe?
« un cœur couronné d'innocence vaut
mieux pour un nautonier qu'une poupe
ornée de fleurs. »

Pendant que le bâtiment restait immobile, je m'amusais à considérer quelques paillasses que de vieilles femmes
brûlaient sur le rivage. En me figurant
que l'avenue qui va des Invalides au
bord de l'eau était l'île de Fano ou de
Calypso, moi qui suis possédé d'un si
grand amour de l'antiquité, j'aurais pu
voir « les nymphes embrasant le vaisseau de Télémaque ; il n'aurait tenu
qu'à moi d'entendre Nausicaa folâtrer
avec ses compagnes, et Andromaque
pleurer aux bords du faux Simoïs; mais
comme mon illusion ne va pas jusque-
là, je me contente d'admirer tout ce
qui m'entoure sur la Sequana, qui peut
naturellement me paraître un Océan.
Ses bords sont embellis d'habitations
charmantes, semés de petits monceaux

d'herbes, qu'avec la moindre imagination on pourrait prendre pour les îles
portant la fraîcheur aux arbres nains
des Champs-Elysées. Ainsi vue, la
Sequana « donne sur-le-champ l'idée de
cette mer où naquirent les Néréides et
Vénus ; tandis que « la Marne, « livrée
aux tempêtes, environnée de terres
inconnues, devrait être le berceau des
fantômes de la Scandinavie. »

Mes regards, se dirigeant d'un autre
côté, rencontrèrent cette éternelle
pompe à feu dont j'avais souvent entendu parler : plus loin, quelques masures, quelques ruines désolées, quelques champs, quelques paysages sans
grâce, sans fraîcheur ; assemblage informe de plantations, qui, lorsqu'on ne
les voit pas de près, « semblent teintes
de pourpre, de violet, d'or pâle : mais
tout cela ne dit rien ; ce ne sont pas les
prairies et les feuilles d'un vert cru et
froid qui font les admirables paysages :
ce sont les effets de la lumière. »

Tu désires peut-être qu'un bon vent me porte à ma destination et te débarrasse de mes digressions ? Tes désirs vont être satisfaits ; car on donne le signal du départ. Le vent sud-est eût enflé la voile, s'il y en avait eu, sans troubler les flots, et semblait nous promettre une heureuse navigation. En effet, on leva l'ancre, ou on donna un coup de rame, et nous voguâmes avec tranquillité.

Provehimur portu, terræque urbesque recedunt.

«A mesure que le bâtiment s'éloignait, « je voyais s'enfoncer à l'horizon » les réverbères du quai : « je distinguais, comme des taches, sur les flots, les différentes ombres » des bateaux de blanchisseuses dont le fleuve est semé. Les coups de battoirs « se faisaient entendre » dans le lointain « et ne rappelaient que des idées de calme » et de blanchissage « au milieu de l'empire des tempêtes et des dangers. » Des Inva-

lides assis sur le rivage regardaient
filer notre bâtiment ; « ils avaient l'air
de vieux nautoniers rentrés au port
après de longues traverses... Peut-être
bénissaient-ils le voyageur, car ils se
souvenaient d'avoir été, comme moi,
étrangers dans la terre » de Lutèce,
« *fuistis enim et vos advenæ in terra* »
Lutetiæ.

Enchantés, nous pensions toucher
promptement au port ; notre espérance
fut trompée. Le vent, ayant tout à fait
cessé, le bâtiment demeura en pleine
eau sans pouvoir avancer (1) : tout était
d'un calme désespérant. « Les premiers
silences de la nuit et les derniers mur-
mures du jour luttaient sur les coteaux. »

Il fallut donc se résigner et penser à
toi, mon Atala, à toi qui seule com-
mandes à mes sens et remplis ma pensée. « L'amour passionné dévaste les

---

(1) Cela est difficile à croire, mais je traduis.
(*Note du traducteur.*)

ames où il règne ; ne s'appuyant pas
sur la gravité du mariage, il est à soi-
même sa propre illusion, sa propre
folie, sa propre substance ; » et plus
j'interroge mon cœur, plus j'y trouve
la preuve que sans toi je ne puis es-
pérer de félicité ; mais que dis-je ? im-
prudent !..... « il ne faut pas toujours
laisser tomber la sonde dans les abîmes
du cœur : les vérités qu'il contient sont
du nombre de celles qui demandent le
demi-jour et la perspective ; c'est une
imprudence que d'appliquer sans cesse
son jugement à la partie aimante de son
être, de porter l'esprit raisonneur dans
les passions. »

J'éloignai donc des réflexions trop
sérieuses, et tandis que je m'amusais à
crayonner quelques notes, les gens de
l'équipage chantaient un cantique fort
connu, et buvaient à même leurs bouteilles.

« Le coucher du soleil fut froid,
rouge et sans accident de lumière.

8

L'horison opposé était grisâtre , le fleuve plombé et sans oiseaux. » Le calme dont nous avions tant à nous plaindre cessa bientôt ; le vent souffla avec violence , « et nous apporta un oiseau dont les ailes noires et lustrées étaient glacées de rose par les reflets du jour » mourant : c'était un merle. On donna l'hospitalité » à ce voyageur ailé. « En général, tout ce qui forme contraste avec leur vie agitée plaît aux marins. »

Ce vent impétueux était sans doute précurseur de quelque orage : l'air fraîchissait, le fleuve ne roulait plus qu'une onde noire : on songea donc à prendre toutes les précautions nécessaires, et moi je pense à quitter l'arbre au pied duquel je trace cette lettre. La pluie qui tombe par torrens me fait de la retraite une nécessité. Je n'ai que le temps de serrer mon papier , de regagner mon logis à pas précipités, si je ne veux pas être percé, à la lettre, jusqu'aux os. J'ai souvent essuyé des averses dans mes voyages ; mais quelle différence ! j'étais jeune alors, plein d'espérance ; je rêvais gloire, fortune, honneurs..... aujourd'hui je ne puis faire un pas sans parapluie ; j'ai oublié le mien, je serai mouillé... mais c'est égal, ça se séchera.

CHACTAS.

———

~~~~~~~~~~~~~~~~~~~~~~~~~~~~

LETTRE XIII.

J'ai suspendu, je crois, mon récit au moment où un merle superbe vint se réfugier sur notre bâtiment. La Sequana était houleuse ; triste jouet des vents, le vaisseau ne tenait plus qu'une marche incertaine. L'obscurité de la nuit nous enveloppait (1); nous marchions à la lueur des éclairs, à la lumière phosphorique des vagues : les coups de la lame devenaient à chaque instant plus violens ; j'apercevais encore la terre : « contemplée du milieu d'une onde orageuse, elle ressemble à la vie, considérée par un homme qui va mourir. »

Effrayé du danger, le pilote lui-

(1) Etre obligé de passer la nuit sur la Seine... Ah !.... mais je traduis. (*Note du traducteur.*)

même n'entendait plus à diriger le gouvernail. Moi, que rien n'intimide et
qui ai vu tant de mers en courroux,
sans cependant être la victime de leurs
fureurs, je le forçai par mes menaces,
sur-tout par une contenance ferme, à
couper la lame, et je fis bien ; car, un
instant plus tard, nous étions engloutis.
La secousse inattendue qu'éprouva le
bâtiment altéra un peu mon sang-froid,
je l'avoue. « J'avais autrefois passé des
nuits entières sur des mers plus ora-
geuses, mais j'étais jeune alors, et le
bruit des flots, la solitude de l'Océan,
les vents, les écueils, les périls, étaient
pour moi autant de jouissances. Je me
suis aperçu, dans ce dernier voyage,
que la face des objets était changée
pour moi. Je sais ce que valent à présent toutes ces rêveries de la première
jeunesse ; et pourtant telle est l'incon-
séquence humaine, que je traversais encore » la Sequana , « que je me livrais
encore à l'espérance, que j'allais encore

recueillir des images, chercher des couleurs pour orner des tableaux qui devaient m'attirer peut-être des chagrins et des persécutions (1). »

Au danger que nous venons d'éviter succède un péril plus grand ; l'atmosphère s'embrase. « Saisie comme d'une étrange folie, la lune ne marche plus que d'éclipse en éclipse..... Elle se roule d'un flanc sur l'autre, elle est prête à découvrir cette autre face que la terre ne connaît pas. » Les flots s'avancent sur les grèves. « On voit venir, écumante et limoneuse, une de ces marées de l'équinoxe qui semblent jeter » la Seine toute entière « hors de son lit; » des bœufs étaient à paître sur de petites îles ; le terrain s'enfonce et disparaît sous les flots; « les bœufs, épouvantés, nagent... ils ne laissent voir, au-dessus des vagues, que leurs cornes recour-

(1) J'aurais ici désiré éclaircir le texte. Souvent une note est nécessaire ; mais je ne suis pas devin. (*Note du traducteur.*)

bées, et ressemblent à une multitude
de fleuves qui apportent d'eux-mêmes
leurs tributs » à la Sequana.

« Tout à coup la nue se déchire, et
l'éclair, bondissant d'angle en angle,
trace un rapide losange de feux. Un
vent impétueux, sorti du couchant,
brouille en un vaste chaos les nuages
avec les nuages; le ciel s'ouvre coup
sur coup ; la masse entière des arbres
qui bordent la » route « plie, et semble
vouloir rentrer dans les entrailles de la
terre. La foudre allume les » tilleuls,
les marronniers, les acacias... « l'incen-
die s'étend comme une chevelure de
flammes. Des colonnes d'étincelles et
de fumée assiégent les nues, qui dé-
gorgent leurs foudres dans le vaste
embrasement, et les sifflemens des ton-
nerres qui s'éteignent en tombant dans
les ondes, assourdissent » les Champs-
Elysées :

Mais enfin , après l'orage ,
On voit venir le beau temps.
Jamque rubescebat stellis Aurora fugatis.

Cette nuit orageuse me rappela celle
où « l'amitié fraternelle vint nous visiter et joindre son amour à » notre
amour. Je croyais encore être au moment où « j'avais bu toute la magie de
l'amour sur tes lèvres, et où, les yeux
levés vers le ciel, à la lueur des foudres,
je tenais mon épouse dans mes bras en
présence de l'Eternel. Pompe nuptiale,
digne de nos malheurs et de la grandeur de nos amours sauvages ! » j'ai cru
t'entendre encore, et « mon ame s'est
fondue à la voix de mon amie : » vaine
illusion.... délire d'un instant.... J'étais
sur la Sequana.

« La mer était tombée, » les craintes
étaient dissipées, les périls passés, et
les gens de l'équipage en rendaient
grâces au ciel en achevant de vider
leurs gourdes. « Les sentimens que
répand une ame pure sont plus agréables au souverain des mers, que le vin
qui coule d'une coupe d'or. » Le pilote
me remercia d'avoir employé la force

et la menace pour lui faire tenir une route différente de celle qu'il voulait suivre ; car nous étions, m'assura-t-il, infailliblement perdus, s'il eût un instant tardé à changer la barre du gouvernail. Tu le vois, ma chère Atala, « quoi qu'en dise la fable du corbeau, rien ne porte bonheur comme d'imiter un grand homme. J'avais fait le César, *quid times ? Cæsarem vehis*, et j'arrivai à bon port. »

Nous touchâmes enfin le rivage ; je sautai à terre. Mon premier soin, avant de prendre congé du fleuve, fut de boire de son eau dans le creux de ma main. « Je me suis toujours fait un plaisir de boire de l'eau des rivières célèbres que j'ai passées dans ma vie. Ainsi j'ai bu des eaux du Mississipi, de la Tamise, du Rhin, du Pô, du Tibre, de l'Eurotas, du Céphise, de l'Hermus, du Granique, du Jourdain, du Nil, du Tage, et sur-tout » de la Garonne. . . . « Que d'hommes, au bord de ces fleuves,

peuvent dire, comme moi : *sedimus* et..»
bibimus.

Après m'être acquitté de ce devoir
pieux, je pris congé des gens de l'équipage, et jetai un dernier regard sur ce
beau fleuve « qui semblait me tenter
par le souvenir » de Pantin. Hélas! je
m'en éloignais encore!... Je ne m'amu-
sai pas, comme tu penses, à philoso-
pher sur ce rivage ; car je n'y voyais
rien qui pût satisfaire mes regards ni
m'offrir où reposer ma tête. L'orage
avait tout détruit, « et les brises muet-
tes ne trouvaient pas même un brin
d'herbe pour en former une voix. »

Le jour était prêt à se montrer dans
tout son éclat; « la lune, décroissante,
paraissait au milieu du ciel comme ces
lampes demi-circulaires que les premiers fidèles allumèrent aux tombeaux
des martyrs. »

Tandis que je cherchais la route que
j'avais à tenir pour voir les Champs-
Elysées, sur-tout pour découvrir, à

travers les arbres, le toit ignoré de quelque traiteur, le soleil s'était avancé resplendissant de lumière, et me laissait contempler dans toute son étendue, et le fleuve dont je venais de saluer le rivage, et les vastes allées sous lesquelles j'allais m'enfoncer. Tout cela était fort bien ; mais où aller pour trouver un homme dont l'enseigne dît aux passans : *qui stomacho laboratis, venite ad me et ego restaurabo vos ?...* J'étais dans cette incertitude quand mes yeux s'arrêtèrent avec complaisance sur un enfant de huit ou neuf ans, qui, assis au pied d'un marronier, mangeait avec un appétit admirable, et cependant s'empressait de partager son pain avec un petit carlin... Ce spectacle m'attendrit jusqu'aux larmes : il est donc vrai, me dis-je en voyant cet enfant donner la moitié de son pain à un chien, il est donc vrai que « les vertus les plus rares ne sont pas le résultat de cette lente maturité que l'âge amène ; la grappe encore verte tordue par la main du vigneron , et flétrie sur le cep avant l'automne, donne le plus doux vin aux bords de l'Alphée et sur les coteaux de l'Erymanthe ! ! !.... »

Quelle que fût mon impatience de connaître l'endroit où je devais me reposer, j'hésitai un moment à troubler cette scène intéressante; mais enfin je hasardai une question : — Monsieur , me dit l'enfant, tenez, prenez ici à gauche sur la pelouse, vous verrez une maison composée d'un étage, c'est celle de M. Doyen, restaurateur fameux. — M. Doyen !... le père Aubry, quoiqu'il eût fait un long séjour à Paris, « conversé avec tous les grands hommes du siècle de Louis XIV, assisté aux tragédies de Racine, aux oraisons funèbres de Bossuet, » ne m'avait jamais parlé de M. Doyen ou de son père, ou de son aïeul. ... Qu'importe, après tout? l'enfant m'assurait que je serais bien traité; j'avais grand appétit, et je courus me mettre à table. J'en fais autant à Pantin au moment où je finis cette lettre. Adieu, mon Atala.

CHACTAS.

~~~~~~~~~~~~~~~~~~~~~~~~~~~~~~

LETTRE XIV.

J'AI bien cru, chère Atala, que mon
récit resterait incomplet, que tous ces
détails dont tu es si curieuse ne pas-
seraient plus sous tes yeux ; je me suis
vu, il y a un mois, près de m'asseoir,
pour la dernière fois, au banquet de la
vie :

> Une fièvre brûlante
> Hélas! me dévorait,
> Et de mon corps chassait
> Mon ame languissante!

La tête perdue, la raison égarée, à
chaque instant je faisais trembler pour
mes jours. Ma femme de ménage ne
savait plus que faire.... le délire agitait
mes sens !... dans l'ombre, il me semblait te voir « comme un de ces songes
brillans qui sortent par la porte d'ivoire
de l'Elysée. Mes nuits étaient arides et
pleines de fantômes, mes jours étaient
désolés. La rosée du soir séchait en

tombant sur ma peau brûlante. J'entr'ouvrais mes lèvres aux brises , et les brises , loin de m'apporter la fraîcheur, s'embrasaient du feu de mon souffle...»
Enfin , un jour plus tard.... pour moi, « le calcul par le temps finissait , et je ne datais plus que de la grande ère de l'éternité.» Eloigné de mon Atala , je pensais avec peine que , lorsque je ne serais plus, «aucun ami ne mettrait un peu d'herbe sur mon corps pour le garantir des mouches : » c'est ce qui me piquait le plus ! Me survivra-t-elle? me disais-je : mais nos douleurs ne sont pas éternelles, « parce que le cœur de l'homme est fini. » Ma maladie avait été rapide , ma convalescence fut prompte. Mon esprit est revenu , du moins je le crois. Je joue ma partie de piquet , comme à l'ordinaire , et sur - tout je dîne fort bien. C'était l'objet essentiel dont j'allais m'occuper, lorsque l'aimable enfant m'eut indiqué le toit enfumé de Doyen.

Transporte-toi donc en idée avec moi
sous ces arbres très-peu serrés qui
m'ombrageaient : tout était mouvement
et murmure dans ces beaux lieux; des
« coups de bec contre le tronc des arbres, » des froissemens de pierrots, de
chèvres, de chiens qui marchaient, sau-
taient, volaient, « broutaient, broyaient
avec leurs dents » les prémices de la
feuille et l'herbe naissante, les bruis-
semens de la Sequana, des aboiemens
sourds, les doux roucoulemnns des
ramiers, les cris des joueurs de paume,
les coups de poing qui retentissaient
sur les ballons, le bruit des quilles en
tombant : « tout cela remplissait les »
Champs-Élysées « d'une tendre et sauvage harmonie. »

Après avoir reçu quelques balles
dans les jambes, renvoyé quelques
ballons avec ma tête, j'arrive sain et
sauf, sur-tout plein d'appétit, chez le
restaurateur. Ne connaissant pas cette
maison, où je venais pour la première

fois , j'entre d'abord dans la cuisine.
Tous les marmitons se mettent à rire,
quoiqu'il soit davantage dans la nature
de l'homme de pleurer. Botté , éperonné, les pistolets à la ceinture, le
fouet à la main, je devais , par mon
maintien, ressembler à Alexandre , « à
ce voyageur armé qui fit le tour de la
terre , et chez qui tout sortait des entrailles. » Je devais donc exciter l'admiration, et non pas la gaîté de ces faquins.
Je demandai à quelle table on pouvait
prendre place ; on me l'indiqua , et je
me fis servir du roast-becf. Après on
m'apporte un plat de goujons. Je le
renvoie à l'instant , et je demande un
morceau de *glaucus*..... De *glaucus?* dit
le garçon. — Eh oui , morbleu ! On fit
venir M. Doyen, qui m'assura n'avoir
jamais trouvé ce poisson à la Halle.
Comment ! lui dis-je, « ce poisson que
l'on pêchait autrefois sur la côte de
Mégare. » — Monsieur, le *Cuisinier im-*
périal, que je sais par cœur, et auquel

9

j'ai même fourni des articles, n'en parle
pas. — « Anaxandrides, cité par Athénée , déclare que Nérée seul a pu , le
premier, imaginer de manger la hure
de cet excellent poisson. » — Nérée ?
je ne connais pas ce traiteur-là. Comment, s'il vous plaît, Monsieur accom-
mode-t-on le *glaucus ?* — Il y a différentes manières. « Antiphane veut qu'il
soit bouilli, et Amphis le sert tout entier à ses sept chefs. » —Cela ne m'é-
tonne pas , il y a des gens qui aiment
beaucoup le poisson. La première fois
que je verrai M. de la R. de la B..., il faut
qu'il me donne quelques renseignemens
sur cet animal aquatique. —Monsieur
veut-il autre chose? — Non pas : ma
carte. Je paie , et je pars. M. Doyen
reçoit mon argent, et me quitte tout en
répétant entre ses dents : Le *glaucus*
qu'Amphis fit servir tout entier à ses
sept chefs.

Le temps était délicieux ; l'air frais ,
et on entendait seulement les plaintes

du vent dans les arbres. Des maisons
charmantes, les plus beaux jardins re-
posaient agréablement la vue. Cependant cette promenade n'était autrefois
qu'un bois confusément planté , et
qui venait étendre ses rameaux importuns jusqu'à la porte du palais
des rois : à ma droite, j'admirai l'Elysée. Si c'eût été celui des anciens , je
l'aurais salué par ces beaux vers de
Virgile :

Hic manus , ob pugnando vulnera passi....
etc. . . . .

. . . .
Là règnent les vertus, là sont ces cœurs sublimes ,
Héros de la patrie , ou ses nobles victimes....

. . . .

Cette maudite habitude de saluer m'a
toujours fait perdre beaucoup de temps
dans mes autres voyages , et je crois
qu'il en sera de même pour celui-ci.
Avance donc , dois-tu me dire en li-
sant cet endroit de ma lettre. J'obéis.
Le soleil me dévorait ; mais lorsque ,

comme moi, on entreprend un aussi
long voyage, par le seul désir de rendre
un ouvrage parfait, on ne prend pas
garde à ces misères-là ; rien n'arrête,
rien n'effraie. Un coup de soleil de plus
ou de moins n'empêche pas d'en venir à son but : tantôt du mal, tantôt
du bien..... La continuité de l'un ou
de l'autre fatigue. « Un bonheur absolu
nous ennuie, un malheur absolu nous
repousse. Le premier est dépouillé de
souvenirs et de pleurs, le second d'espérances et de sourires. » Je promène
mes regards à droite et à gauche. D'un
côté je vois encore quelques sites, une
montagne assez belle, « tronquée comme
le Vésuve, » auprès de laquelle une
enseigne brillante annonce la demeure
de M. Lebœuf, confrère de M. Doyen,
et qui, plus que lui peut-être, ne connaît pas le *glaucus*. De l'autre côté, je
découvre aussi un tumulus, sur le
sommet duquel un fils aîné de la fortune avait fait élever à grands frais un

palais , une chaumière , une ferme,
des jardins où l'on voyait :

Cent végétaux lointains surpris de vivre ensemble ,
. . . .
Le datier dont Memphis adora les aïeux.
. . . .

Enfin à deux pas de la barrière , je
remarquai quelques ruines : quand ce
ne serait que la barrière elle - même,
masse informe que l'architecture devrait désavouer. Cependant je ne puis
t'exprimer le plaisir que je ressentis en
contemplant ces pierres éparses : « les
ruines jettent une si grande moralité
au milieu des scènes de la nature ! C'est
là que le dernier souffle » des Champs-
Elysées « expire , » et que la route de
Neuilly commence.

CHACTAS.

~~~~~~~~~~~~~~~~~~~~~~~~~

LETTRE XV.

Les ombres de la nuit ont fait place
aux premiers rayons du jour :

Et jam prima novo spargebat lumine terras.

le sommeil a fui avec les songes qui
l'environnaient ; mes yeux se r'ouvrent
à la lumière , s'arrêtent avec délices
sur le premier objet que leur présente
le réveil : c'est le portrait d'une femme
charmante , c'est le tien , mon Atala ,
celui que je fis faire lors de notre séparation. Peinte comme la Vénus de
Praxitèle , tu charmes encore « plus
mon esprit que mes regards. » En veux-
tu savoir la raison ? c'est qu'il « y a un
beau idéal qui touche plus à l'ame qu'à
la matière. Alors le génie seul, et non
le corps , devient amoureux ; c'est lui
qui brûle de s'unir étroitement au chef-
d'œuvre ; l'ame échauffée se replie au-

tour de l'objet aimé , et spiritualise jusqu'aux termes grossiers dont elle est obligée de se servir pour exprimer sa flamme. »

Un jour pur éclaire mon modeste réduit. Je suis seul avec mon cœur ; mes idées sont franches comme le zéphir du matin aux premiers jours du printemps ; nul souvenir n'assiége ma mémoire : c'est donc le moment, ou jamais, de prendre la plume et de continuer mon récit.

Quoique je supporte facilement la fatigue et le soleil , je jugeai cependant à propos de me reposer un instant à l'ombre , avant de quitter pour jamais les Champs-Élysées, où des chars aussi légers, aussi fragiles que celui du Dieu du jour, traînés par des coursiers rapides qui devancent les vents , font voler sur les chétifs piétons, non cette poussière honorable qu'on voit avec plaisir sur le front de la Victoire, mais celle qui aveugle.

Un peu délassé, j'allais partir, quand
je vis venir au milieu de plusieurs personnes une femme portant négligem-
ment à son bras un pannier rempli de
gâteaux : mon premier mouvement fut
de me joindre à la foule , et de m'informer du nom de cette femme, objet
de l'attention. J'appris qu'on l'appelait *la belle Madelene de Nanterre* ,
que depuis plusieurs années elle ven-
dait des gâteaux à Paris , où elle avait
acquis une espèce de célébrité. J'avançai
pour la considérer à mon aise. « Cette
femme était extraordinaire ; elle avait,
comme toutes celles » de Nanterre (et
je crois en avoir rencontré quelques-
unes à Pantin , dans les savanes de la
Floride, au Mississipi... etc.) « elle avait
quelque chose de capricieux et d'atti-
rant : son regard était prompt; sa bouche un peu dédaigneuse, et son sourire singulièrement doux et spiri-
tuel ; ses manières étaient tantôt hau-
taines , tantôt voluptueuses ; il y avait

dans toute sa personne de l'abandon
et de la dignité, de l'innocence et de
l'art. »

Cette tête me frappa tellement, que
j'en fis de suite un croquis. L'empire de
la mode est une chose singulière, sur-
tout en France! Cette Madelene, qui, il
y a deux mille ans, n'eût peut-être pas
fait la moindre sensation, fixe aujour-
d'hui les regards. Habile à profiter de
la bonne volonté de ses admirateurs,
Madelene vendit en un instant tous
ses gâteaux, et continua sa route après
nous avoir chanté le premier couplet
de son histoire. Avec un peu d'imagination, j'aurais pu prendre sa voix pour
celle « de la colombe qui portait dans
les forêts de la Crète l'ambrosie à Jupiter. » L'effet de l'air de cette chanson « est surprenant pour la tristesse
et la majesté ; on dirait un reste de
l'ancien chant de l'Église primitive, ou
ce chant moderne introduit dans le rit
grec vers le quatrième siècle, et dont

saint Augustin avait bien raison de se plaindre. »

« Il était temps que je quittasse la place où m'avaient, pour ainsi dire, attaché les chants de la compatriote de sainte Geneviève. Je touche la barrière ; je passe.... je respire. « Un monde étranger s'ouvrait devant moi : j'allais rencontrer des villages qui m'étaient inconnus, des mœurs diverses, des usages différens, d'autres animaux, d'autres plantes, un ciel nouveau, une nature nouvelle. L'histoire me déroulait une autre page des révolutions de l'espèce humaine. »

« Le ciel était nébuleux et l'air froid » comme à Pantin. « Telle est la puissance de la patrie, j'éprouvais un plaisir secret à contempler ce ciel grisâtre et attristé, au lieu du ciel pur que j'avais eu si long-temps sur ma tête ». Je saluai l'arc de triomphe : « je voulus voir la moindre pierre qu'avait pu remuer la main » de l'architecte des architectes ;

et, fixant tour à tour mes yeux sur tout
ce qui m'environnait, je vis, à une distance assez considérable, « un chemin
qui se plonge dans une longue vallée de
pierres, des terres qui me parurent
incultes et désertes, des montagnes
sombres et nues, sorte de nature fé-
conde en grands crimes et en grandes
vertus. » A droite et à gauche sont
quelques maisons assez régulièrement
bâties et dont l'architecture a quelque
chose de gracieux, sans qu'il soit possible d'assigner à quel ordre précis ces
bâtimens appartiennent.

J'approchais d'une de ces maisons,
lorsqu'un petit garçon, la serviette à
la main, le bonnet de coton sur la
tête, le tire-bouchon pendu au côté,
vint me présenter une carte. — Monsieur, voulez-vous vous reposer chez
nous? On ne vint « pas plus à propos
à la rencontre de Priam, lorsque le père d'Hector se rendait au
camp des Grecs. » Je suivis mon guide,

et me trouvai bientôt dans un cabaret
d'assez bonne apparence. Rien de
mieux inventé, selon moi, que les cabarets, « touchantes institutions par
qui le voyageur trouve des secours et
des » rafraîchissemens « dans les pays
les plus barbares.... institutions qui ne
seront jamais assez admirées! »

Reposé, désaltéré, j'allais partir,
lorsque deux gendarmes que je n'a-
vais pas aperçus d'abord, frappés sans
doute, soit de la bizarrerie de mon
costume, soit de ma figure, qui a con-
servé une espèce de teinte des différens pays que j'ai parcourus, vinrent
droit à moi, me demandèrent où j'allais.—«Visiter des peuples qui ne sont
plus».—En ce cas, vous ne les trouve-
rez pas, observa malignement l'hôte.
Ma réponse ne satisfaisant pas tout-à-
fait mes inquisiteurs, ils exigèrent la
représentation de mes papiers. Mon
passeport fut bientôt entre leurs mains:
« comme on voit les flots de la mer se

briser pendant un orage ; comme, en automne, les feuilles séchées sont enlevées par un tourbillon ; comme les roseaux du Meschacebé plient et se relèvent dans une inondation subite ; comme un grand troupeau de cerfs brame au fond d'une forêt : ainsi s'agitait et murmurait le conseil, » composé des deux gendarmes et du marchand de vin.

Le résultat de la délibération fut que je pouvais continuer mon chemin : je profitai de la permission et sortis.

Pendant un assez long espace je ne trouvai rien de remarquable, sinon quelques prés d'une assez mince apparence, qui fixèrent à peine mon attention. Je ne suis plus, comme j'étais autrefois, « cherchant partout une terre qui n'ait point été déchirée par le soc de la charrue. Il me faut à présent de vieux déserts qui me rendent à volonté les murs de Babylone, ou les légions de Pharsale, *grandia ossa*, des champs

dont les sillons m'instruisent, et où je
retrouve, homme que je suis, le sang,
les larmes et les sueurs de l'homme ; »
c'est pourquoi je me hâte d'arriver au
bois de Boulogne.

CHACTAS.

LETTRE XVI.

Sɪ, lorsqu'il fut arrêté, dans la sagesse éternelle, que j'allais naître, les dieux, complaisans, m'avaient consulté sur les avantages extérieurs dont ils devaient me parer, je leur aurais demandé la beauté d'Adonis, les grâces d'Antinoüs, la fierté de Jupiter, le maintien de Mars et les formes d'Hercule. C'est beaucoup sans doute ; mais les dieux, insoucians, ou peut-être peu instruits du rôle que je devais jouer un jour sur ce vaste théâtre du monde, ne s'occupèrent pas de moi, et laissèrent le hasard pétrir tant bien que mal cette argile échappée des mains de la nature. Bref, de l'indifférence des dieux, du peu d'habileté d'une sage-femme, il advint une de ces figures que les voisins du bois de Boulogne ne trouvèrent pas à leur gré ; car trois ou quatre polissons nonchalamment assis sur leur porte se levèrent à mon approche, vinrent jusqu'au bord du chemin, et partirent d'un éclat de rire immodéré. « J'avais été prévenu de ne me laisser jamais plaisanter » par un enfant ; « j'ai été à même par la suite d'apprécier l'utilité de ce conseil. » Un de ces insolens qui s'amusait à tuer des oiseaux, soit maladresse, soit volonté bien prononcée, tire deux coups, rase ma tête et jette mon chapeau par terre. Irrité, je le ramasse ; j'arme le mauvais pistolet que j'avais dans ma poche, et je leur en lâche un coup si près, mais si près du visage, que je fais sauter en l'air la houpe du bonnet de coton de l'un d'eux. Si tu ne connais pas mon adresse et mon courage, en voilà, j'espère, une preuve suffisante ! Quand ils virent que j'étais ainsi disposé à leur rendre coup pour coup, ils devinrent plus souples ; une explication s'ensuivit : ils convin-

rent de leurs torts, m'invitèrent à me
rafraîchir, m'offrirent de recharger
eux - mêmes mes pistolets : je le permis ; mais je n'acceptai ni leur offre ,
ni leur invitation ; « je crus devoir garder l'avantage qu'ils me donnaient. »

Tout n'est pas plaisir, tu le vois,
pour un voyageur. « La somme des
maux est toujours un peu plus forte
que celle des biens : comme dans la
nature, deux liqueurs sont mêlées dans
la coupe de la vie, l'une douce et l'autre
amère ; mais si on oublie l'amertume
de la seconde, il y a encore la lie, que
les deux liqueurs déposent également
au fond du vase. »

Fier d'en avoir imposé à mes adver-
saires, je continuai mon chemin, tout
occupé de ce que j'allais voir. « Le
Temps a fait un pas, » et j'aperçois la
grille du bois de Boulogne. Par ce dé-
tour, j'alongeais un peu la route que
j'avais à parcourir ; mais j'aime les forêts, leur silence, leur obscurité, leur

10

abri hospitalier. J'entre, je suis la première allée qui se présente, et je me
trouve sur une belle pelouse, environnée d'un massif d'arbres qui bor-
naient la vue. De quel côté tourner mes
pas ? une jeune fille de dix à douze ans,
assise au bord d'un fossé, « dans l'attitude qu'on donne à la rêverie, » veillait
sur quelques vaches qui paissaient
l'herbe autour d'elle. La rencontre
d'une jeune fille dans cet endroit écarté
ne me surprit pas. « Les vierges sont
des fleurs mystérieuses qu'on trouve
dans les lieux solitaires. » Je la priai de
m'indiquer les différens sentiers de la
forêt ; ce qu'elle fit avec beaucoup de
grâce. Sûr de ne pas m'égarer, je ne
songeai plus qu'à examiner ce qui végé-
tait autour de moi. Le bois de Boulogne était dans toute sa beauté : on ne
voyait de tous côtés que des arbres
couronnés, chargés de feuilles pâles et
maigres, rongées par les chenilles, de
petits taillis qui promettaient de com-

mencer à donner de l'ombre dans une
cinquantaine d'années ; un gazon déco-
loré ; le chant de mille oiseaux y frap-
pait mon oreille. Là, on entendait la
mélodie du rossignol, les cris des pierrots, le roucoulement du ramier ; plus
loin, « une corneille centenaire, antique Sibylle du désert, se tenait per-
chée sur un chène avec lequel elle avait
vieilli, et, tandis que ses sœurs faisaient
silence, immobile et comme pleine de
pensées, elle abandonnait aux vents des
monosyllabes prophétiques. » Quel que
fût le sentier que j'abordasse, le lièvre
agile, le lapin timide, fuyaient à mon
approche. Près d'un taillis, j'aperçus
un œuf : à sa couleur, je jugeai qu'il
était d'un pigeon : « car l'oiseau étale
toujours sur son œuf la livrée de ses
amours, et le symbole de ses mœurs et
de ses destinées. » Je le ramassai soigneusement.

Quand on veut tout voir, il faut du
temps, et l'heure n'en marche pas

moins vîte. J'étais près de Bagatelle quand j'entendis « la plainte du vent » dans le bois, « qui agitait ses lianes et ses dômes, comme les rideaux et le ciel » de mon lit. Bientôt « la forêt se tait : pas une feuille, pas une mousse ne soupirent. » La pluie tombe par torrens. Légèrement vêtu, et loin de toute maison, ignorant sur-tout encore quand je sortirais du royaume de Pan, je courus me mettre à l'abri sous un marronnier superbe, « qui, par sa vieillesse, semblait descendre de l'olivier que Minerve fit sortir de la terre. » Tandis que j'étais ainsi abrité, l'ombre de la nuit descendait sur la cime des chênes.

Majoresque cadunt altis de montibus umbræ.

Seul à cette heure et par ce temps affreux, au milieu du bois, la frayeur s'empara un instant de moi. « Etais-je immobile, tout était muet. Faisais-je un pas, tout soupirait. » J'entrevis

dans le lointain une clarté qui semblait
s'approcher de mon côté. Je crus un
instant que c'était une troupe de ban-
dits qui se dirigeaient vers quelque habitation située au-delà du bois. Erreur !
je distinguai un chien qui, pour éclairer
la marche de son maître, portait à la
gueule un fallot. Il ressemblait ainsi
« au génie du printemps, parcourant
les forêts pour ranimer la nature. »
Quand il fut éloigné, l'obscurité rede-
vint profonde : « les voix de la solitude
s'éteignirent, le désert fit silence ; la
forêt, muette, demeura dans un calme
universel, et bientôt les roulemens
d'un tonnerre lointain se prolongeant
dans » le bois, « en firent sortir des
bruits sublimes. »

J'étais dans une anxiété cruelle ; je
n'avais pas du tout l'intention de passer
la nuit dans le bois : cependant dix
heures venaient de sonner sans que je
susse encore quel moyen il faudrait
employer pour trouver l'issue que je

n'apercevais pas. Coucher sur la dure, la
perspective n'était pas gaie : d'un autre
côté, si je changeais de place, je courais
risque de tomber dans quelques marres,
dans quelques fossés ; enfin ce qui pouvait m'arriver de moins funeste était de
me rompre le cou. Mais il était écrit
là-haut, sans doute, que je me tirerais
de ce mauvais pas ; car j'entendis fre-
donner à quelque distance de moi :
c'était un garde-chasse qui venait de la
ville, et traversait le bois pour se rendre à la porte de Neuilly, où était son
habitation. Il chantait à perdre haleine. Avait-il peur? je n'en sais rien.
N'importe : « sa voix grave et un peu ca-
dencée allait roulant dans le silence du
désert. » Je l'appelai, et il vint à moi.
Informé de mon embarras, il s'offrit à
me guider. J'acceptai : — Allons, me
dit-il, est-ce que vous avez peur ?........
Fi donc! un homme armé encore.....
Il disait cela avec une assurance qui
dissipa toutes mes craintes, et je le sui-

vis avec confiance. « En effet, il y avait plus de courage dans ce cœur flétri par soixante années, qu'il n'y en avait dans toute la jeunesse de mon sein. »

Bon soir, mon Atala.

CHACTAS.

LETTRE XVII.

Il faut, ma chère Atala, que je désire bien vivement faire quelque chose qui te soit agréable, pour continuer à rassembler et à mettre en ordre les notes de mon voyage, afin de ne pas te laisser ignorer un seul des événemens auxquels j'eus une part active. J'ai tant vu de choses dans ma vie, que par fois je suis prêt à tout confondre, à te parler de la Grèce, de ses monumens, de Socrate, de Platon, d'Hérodote, des raisins de Corinthe » lorsqu'il s'agit d'un voyage au mont Calvaire par Suresne; mais j'ai passé deux jours entiers à revoir, à compulser mon journal, et je te prie de me suivre pas à pas à la sortie du bois de Boulogne.

L'ouragan avait été terrible : on

voyait par-tout étendus sur la terre
« les cadavres des pins et des chênes. »
On ne pouvait avancer sans entrer
dans l'eau jusqu'à la cheville. « Le sol
humide murmurait autour de nous. »
Le garde-chasse me conduisit chez
lui. Il était tard : on imaginait que, retenu par le mauvais temps, il couche-
rait chez son fils, où il avait passé la
journée. Tout le monde était donc dans
un profond sommeil. Deux coups frappés de main de maître éveillèrent et une
meute de chiens qui dormaient à peine,
et une servante qui ronflait de bon
cœur, et la Pénélope du père Laffut.
(C'est ainsi que s'appelait mon hôte.)
Ouvrir la porte, battre le briquet,
mettre une bourrée au feu pour nous
sécher, nous n'avions pas encore passé
le seuil du rez-de-chaussée, et tout cela
était déjà fait. Les femmes sont sensibles : un homme égaré, perdu dans une
forêt, percé jusqu'aux os, inspire de
l'intérêt. On offre d'abord tout ce

qu'on possède ; les questions sont re-
mises à un autre instant. Telle fut mon
histoire lors de mon arrivée chez le
père Laffut , excellent homme, qui me
plut au premier aspect. « Sa taille était
élevée, sa figure pâle et maigre, sa
physionomie simple et sincère. Il n'a-
vait pas ces traits morts et effacés de
l'homme sans passions ; on voyait que
ses jours avaient été mauvais , et les
rides de son front montraient les belles
cicatrices des passions, étouffées par
les vertus. »

Mon hôte avait fait un long trajet : il
était las. Le repos m'était nécessaire.
Madame Laffut était prévoyante ; elle
savait deviner les désirs de son mari.
Le souper fut court, mais gai : un
restant de civet, une perdrix qui
n'eût point été déplacée sur la table
d'un roi, disparurent en un instant. Le
bonhomme aimait à boire ; je lui tins
tête. Il ne me connaissait pas , et
me traitait avec autant de cordialité

que de franchise. « Tous ses vieux
os s'étaient ranimés par l'ardeur de la
charité. »

Quand les plats sont vides, quand on
est las et qu'il est onze heures du soir,
la conversation languit. Chez un garde-
chasse, l'étiquette est hors de saison :
on me souhaite le bonsoir, on me présente une lampe, on m'indique ma
chambre. Le lit était bon, les draps
bien blancs, le silence profond. Je
passai une nuit délicieuse, et, « si
j'étais à recommencer la vie, » je n'am-
bitionnerais que la tranquillité inaltérable du père Laffut. J'avais eu bien
raison de me louer des soins et de la
prévoyance de mon hôtesse ; car la première chose que j'aperçus sur une table
près de mon lit, fut une brochure......
une tragédie.... non pas de ce «Voltaire,
qui montre sous un jour hideusement
gai l'homme à l'homme,» mais d'un de
ses contemporains dont la gloire vit
encore parmi nous, maître André,

perruquier : c'était le *Désastre de Lis-
bonne*. J'avais entendu parler de cet ouvrage : il y a beaucoup de choses à reprendre dans cette tragédie! « L'oc-
tave » de maître André « n'est presque
jamais pleine ; son vers, trop vîte fait,
ne peut être comparé au vers de »
Racine, « vingt fois retrempé au feu
des Muses. Les idées de » maître André
« ne sont pas d'une aussi belle famille
que celle de l'auteur » d'Iphigénie.
« Les ouvrages des anciens se font
presque reconnaître à leur sang.

L'ennui fit tomber de mes mains le
chef-d'œuvre tragique ; et, bien frais,
bien dispos, je descendis au rez - de-
chaussée. Là, je trouvai tout le monde
rassemblé et le déjeûner prêt : c'était
réellement un tableau fort agréable. Au
milieu de la table, le père Laffut, qui,
« chargé de vieillesse, semblait réunir
autant d'années que Jacob. » A la droite
« de l'homme des anciens jours » était
celle qui, depuis cinquante ans, l'ai-

dait à traverser la vie ; à l'autre extrémité j'admirai une jeune femme

« . . . . Dans le simple appareil
« D'une beauté qu'on vient d'arracher au sommeil.

Et que le père Laffut appelait sa fille.
« Tel est le lys entre les épines, telle
était » Thérèse au milieu de nous. Charmante femme, lui dis-je, « vos yeux
sont purs comme les eaux des piscines ;
votre bouche est une grenade entr'ouverte, et vos cheveux ressemblent aux
rameaux du palmier !! » — Monsieur
est bien honnête ; cela lui plaît à dire ;
et « elle s'avança, comme l'aurore, »
pour me présenter une chaise. Le petit frère, que je n'avais point encore
aperçu, ouvrit précipitamment la porte
et m'offrit sa jatte de lait. Que cet enfant est gentil ! n'est-ce pas, Monsieur?
me dit la bonne mère Laffut. Mais viens
donc, mon fils... viens donc...

« Je ne l'ai point encor embrassé d'aujourd'hui. »

« C'est bien le mot d'une femme

chrétienne. » Cette bonne mère « donnait tous ses soins à la plante de son
amour; » moi, je trinquais avec le père,
je riais avec tout le monde; on m'avait
accueilli avec bonté, je m'éloignai à
regret. Mon dernier salut fut pour mes
hôtes; mon dernier regard fut pour
Thérèse, pour cette jeune fille dont
tous les traits respiraient la candeur,
et qui n'avait point encore été exposée
« au souffle dévorant des hommes. »
Je ne puis m'en défendre.... j'éprouvai
auprès de Thérèse que « l'ame a ses
besoins honteux et ses bassesses comme
le corps. »

CHACTAS.

~~~~~~~~~~~~~~~~~~~~~~~~~~~~~~

LETTRE XVIII.

Que dis-tu, que penses-tu du père Laffut et de son aimable famille ? Ce qu'en diront, ce qu'en penseront sans doute tous les voyageurs qui auront le bonheur d'être recueillis sous ce toit hospitalier. En te traçant le récit de cette aventure, il me semblait être encore au milieu de ces bonnes gens. Il est des souvenirs qu'on retrouve sans cesse, et sans cesse avec le même plaisir. « Comme le dernier rayon du jour abat les vents et répand le calme dans le ciel embelli, » ainsi les soins touchans du garde-chasse de la porte de Neuilly tempérèrent mes accès de misanthropie. En voyant un homme bon, je jugeai les autres avec moins de rigueur. Puissé-je rencontrer souvent des hommes qui lui ressemblent !

Déjà je ne voyais plus la fumée de sa cabane, et de nouveaux objets allaient m'apporter de nouvelles sensations. J'entrai dans Neuilly, village si renommé jadis dans l'histoire par ses gâteaux feuilletés, et sur-tout par son excellent ratafiat. En boire était un devoir dont je m'acquittai avec plaisir : un voyageur qui en faisait autant que moi, était en train de raconter une histoire. A peine l'ai-je entendu, que je reconnais l'accent de mon pays : en effet, il était des environs de Montmartre ; juge de mon contentement ! nous parlâmes donc de Montmartre et de Pantin, par «la même raison que le soldat argien qui suivait Enée, se souvint d'Argos en mourant en Italie. »

Les habitans de Neuilly « sont d'une taille plutôt grande que petite. Ils ont la tête ovale, le front haut et arqué, le nez aquilin, les yeux grands et coupés en amande, le regard humide, » et des dents qui, par leur longueur, « res-

semblent à celles des Chacas et des
Onces. »

Les femmes ne sont ni petites ni
grandes, se tiennent mal ; leur teint est
brûlé ; leurs formes assez rondes ; et ,
par la disposition de leurs bonnets ,
« elles rappellent un peu les statues des
prêtresses et des Muses ; mais » cependant, « pour les voir telles , il faut les
considérer d'un peu loin , se contenter
de l'ensemble, et ne pas entrer dans
les détails. »

Il y a pourtant des exceptions ; car
je vis le soir, à la danse du village, quelques petites filles, quelques bourgeoi-
ses fort aimables , et je crois que , si
j'avais été dans l'intention d'habiter
Neuilly, j'aurais pu m'y plaire ; « mais
naturellement un peu sauvage, ce n'é-
tait pas la société que j'étais venu chercher » sur le chemin de Suresne ; n'importe, « tout cela coupait d'une manière piquante les scènes de mon
voyage. » Neuilly « était une espèce

d'oasis civilisé, une **Palmyre** au milieu de ce nouveau monde » inconnu pour moi.

Je quittai bientôt et les habitans du village et les monumens, qui n'ont rien de remarquable, pour contempler à loisir les sites charmans qui sont jetés sur les bords de la Sequana. Le premier objet qui attira mon attention, fut ce fameux parc Saint-James, qui a passé par beaucoup de mains, et a déjà tant perdu de sa beauté première. Je descendis de là dans une prairie qui règne au pied de ses murs et s'étend jusques au bord de l'eau, qui, dans ce moment, était retirée. Je ne vis là qu'une mauvaise barque de pêcheur attachée aux anneaux d'un môle en ruines. «La grève, semée de pierres était brûlante ; le flot était sans mouvement et absolument mort sur la rive ; » pas un bateau dans le port, pas un homme. J'aperçus un pêcheur qui venait à moi : « son nez aquilin, sa longue barbe avaient quel-

que chose de sublime dans leur quié-
tude , et comme d'aspirant à la tombe
par leur direction naturelle vers la
terre. » Je lui fis mille questions sur le
pays. Je m'informai de ce que j'avais
encore à voir , en lui citant toutefois
les endroits que j'avais déjà parcourus.
En dernier résultat, pour connaître parfaitement Neuilly en fait de choses cu-
rieuses, il me restait à visiter le cimetière : cela n'est pas finir gaîment ,
mais c'est une chose bonne à voir. «Les
tombeaux , chez les hommes, sont les
feuillets de leur histoire ; la nature au
contraire n'imprime que sur la vie. »
Nous nous dirigeâmes donc vers la demeure « du spectre aux cheveux blancs,
aux épaules voûtées , aux mains de
glace. Ces tombes étaient fort agréables ; » d'ailleurs c'est un aspect auquel
nous devons nous accoutumer. «Avons-
nous l'éternité pour y puiser des jours ?»
Non : « l'heure où nous vivons n'est
pas même à nous ; nous ne possédons

en propre que la mort : il n'y a que
la pierre du tombeau entre l'éternité
et la vie. » Ainsi tout ce qui nous rappelle « des idées de mort » ne doit pas
nous causer la moindre frayeur. Je re-
gardai donc tranquillement ces tombes
ombragées de cyprès et plus ou moins
embellies, sur lesquelles on voyait
« quelques melons d'eau qui ressem-
blaient par leur forme et leur pâleur à
des crânes humains qu'on ne s'était pas
donné la peine d'ensevelir. » Ici, c'était
une jeune personne qui venait de descendre au dernier séjour, « et on répandait la terre antique sur un front
de dix-huit printemps. » Plus loin, « le
laboureur reposait, oublié dans la nuit,
comme les végétaux au milieu desquels
il avait vécu. » Il était arrivé au tombeau « au milieu des touchans monumens de sa vie, des enfans vertueux et
d'innocentes moissons. » Que de gens
étaient venus « se reposer au giron de
leur mère commune! quelle diversité

de mœurs et de vertus on apercevait là d'un coup-d'œil ! et ces vertus tempérées par la mort comme ces vins généreux que l'on mêle, dit Platon, avec une divinité sobre, n'offusquaient plus les regards des vivans. »

« Ce spectacle, que je contemplais avait été contemplé par des yeux fermés depuis deux mille ans. Je passerai à mon tour, et d'autres hommes aussi fugitifs que moi viendront faire les mêmes réflexions sur les mêmes ruines. » Que cela vienne pourtant le plus tard possible, c'est tout ce que je désire. J'allais remercier mon conducteur, lorsque tout-à-coup je fus frappé par ces mots très-distinctement prononcés : « en avant! marche! » Je regarde et j'aperçois les petits polissons du village qui faisaient « l'exercice pieds nus, » et avec « des bâtons » de sureau. « Je ne sais quel souvenir de ma première vie me tourmente..... quand on me parle d'un soldat, le cœur me

bat. Je ne fus pas si effrayé que Robin-
son quand il entendit parler son per-
roquet ; mais je ne fus pas moins charmé
que ce fameux voyageur. » Je donnai
quelques centimes au petit bataillon ,
pour acheter des pommes quand il
ferait halte , en lui disant : « en avant !
marche ! et afin de ne rien oublier je
lui criai : Dieu le veut ! Dieu le veut !
comme les compagnons de Godefroy
et de saint Louis, » et je continuai ma
route.

Je ne continue pas ma lettre , parce
qu'une affaire indispensable me force
à sortir. Il s'agit de la nomination d'un
secrétaire perpétuel de l'Athénée de
mon endroit, et, comme vice-prési-
dent, je ne puis me dispenser d'assister
à la séance. Onze heures précises ! je
devrais être parti , et je pars.

CHACTAS.

LETTRE XIX.

APRÈS quinze jours de débats , nous
avons enfin concilié tous les intérêts ,
tous les amours-propres ; le secrétaire
est nommé à une majorité de trois voix,
sur cinq , et je n'ai plus à m'occuper que
de toi , ma chère Atala , de toi, que j'ai
laissée à deux pas du pont de Neuilly.
Comme l'a dit un voyageur de ma connaissance : « Terre ne peut manquer
pour y vivre et pour y mourir. » Ainsi,
j'avançai vers cet endroit du fleuve ,
qui me rappela l'accident arrivé au roi
Henri , et l'action courageuse de ceux
qui se dévouèrent pour lui sauver la
vie. En vain je cherchai la fleur de lys
placée jadis sur la porte du batelier qui
contribua le plus à tirer le roi d'un si
grand péril ; un orage avait passé
dans cette contrée , et la fleur de lys

était effacée. Je saluai ce beau pont
« par tous les vers que je savais à sa
louange : »

> Pont qui fait honneur à la France ;
> Dont la noble simplicité ,
> Est cent fois préférable à la magnificence
> Des beaux ponts de l'antiquité.
> O pont superbe et tant vanté ,
> A ton sublime aspect la Seine curieuse ,
> Pour mieux admirer ta beauté ,
> Ralentit de ses eaux la course impétueuse (1).

« L'éclat velouté de la campagne , la
tiéde température de l'air, les contours
arrondis des montagnes » sur la route
de St.-Germain , « les molles inflexions
de la mer, » tout portait dans mon sein
une fraîcheur délicieuse. Je résolus
donc, avant de m'embarquer, de parcourir un peu la grande route qui se
présentait devant moi. « Une chaîne de
côtes bleuâtres sous un ciel d'or » bor-
nait la vue de la manière la plus flat-
teuse. Je m'éloignai en portant mes pas

---

(1) *Voyage à Chantilly,* par Damin.

incertains de côté et d'autre; j'arrivai
auprès d'un petit étang presque desséché. « Avec un peu d'imagination, »
j'aurais pu voir dans cet étang « ce lac
fameux qui occupe l'emplacement de
Sodome et de Gomorrhe, et qui est
nommé dans l'Ecriture - Sainte *mer
Morte* ou *mer Salée*. « Avec un peu
d'imagination,» je l'aurais vu « encaissé
entre deux fossés qui n'ont entre eux
aucune cohérence de forme, aucune
homogénéité du sol. » Je remarquai sur
le bord de l'étang un pommier d'assez
belle apparence. « Avec un peu d'imagination,» j'aurais pu voir dans ce pommier le fameux arbre de Sodome. « Avec
un peu d'imagination, » comme tous
ceux qui en ont entendu parler, sur-
tout ceux qui ont lu Tacite et Josephe,
j'aurais pu aussi prendre de véritables
« pommes pour des pommes enflées
d'une sève corrosive quand elles ne sont
pas mûres, et qui donnent une semence
noirâtre qu'on peut comparer à des cen-

dres, dont le goût ressemble à un poi-
vre amer quand elles sont desséchées.
Avec un peu d'imagination, » j'aurais
pu aller jusqu'à prendre le suc excellent
que renfermaient ces pommes, pour de
la véritable cendre. Il est bien malheureux que je n'aie pas une plus vaste imagination, car j'avais des dispositions à
travestir les plus petites choses en mer-
veilles. Je fus tiré complétement de
mon erreur par un pâtre qui habitait
une petite cabane auprès de cet étang,
et était propriétaire du pommier. Cette
retraite ne me paraissait pas fort agréable ; cependant, me disais-je, il y a
peut-être des gens fort heureux dans
cette masure ! En même temps « je me
demandai si j'aurais voulu de ce bonheur ; mais je n'étais déjà plus qu'un
vieux pilote, incapable de répondre
affirmativement à cette question, et
dont les songes sont enfans des vents et
des tempêtes ! »

Je t'ai représenté au vrai, mon Ata-

la, cet étang dans lequel je m'obstinais
à voir «la mer Morte,» parce que je suis
comme certain voyageur. « Je déteste
les descriptions qui manquent de vérité, et quand un ruisseau est sans eau,
je veux qu'on me le dise (1). En retour-
nant sur mes pas pour épier l'instant
où le navire qui devait m'emporter à
Suresne mettrait à la voile, j'entendis
tout-à-coup dans le silence, et non loin
de la jetée, la voix d'une femme qui
pleurait, qui sanglotait. Je m'informe :
on m'apprend que c'est la mère Babiche
qui vient de perdre deux enfans qu'on
lui avait donnés à sevrer. *Vox in
Neuilliana audita est, et ploratus et
ululatus multus; Babicha plorans filios
suos, et noluit consolari, quia non sunt.*
«Ici la mère d'Astyanax et celle d'Eu-
ryale sont vaincues : Homère et Virgile

---

(1) Si le voyageur s'est exprimé ainsi, il s'est
exprimé bien platement.

(*Note du traducteur.*)

cèdent la palme de la douleur » à la mère Babiche.

Que dis-tu de cette citation? N'est-elle pas heureusement appliquée ? Eh bien, j'en, ai comme cela, un magasin qui sont à peu près toutes de la même force, et aussi bien placées. Je me réserve de te parler de mon embarquement, des charmes de ma traversée, et de mon arrivée au port, dans ma première lettre. Lis-moi attentivement, et crois-moi fermement; c'est tout ce que je te demande.

CHACTAS.

———

~~~~~~~~~~~~~~~~~~~~~~~~~~~~~~

LETTRE XX.

J'espère, ma chère Atala, que tu dois être contente de mon obéissance, de mon exactitude. Je ne te fais pas grâce de la moindre aventure : tu veux tout savoir ; je raconte avec fidélité. On dirait que ma mémoire est d'accord avec mes désirs : je suis certain que tu me rends justice. Que ne peux-tu lire dans mon cœur quand il s'agit de te plaire ! « Cela nous fait tant de bien quand une amie regarde dans notre ame » ! Tu dois aussi m'excuser si je ne suis pas toujours intelligible, si j'emploie de grands mots pour de petites choses ; mais tu sais bien qu'il m'est impossible de parler comme tout le monde : c'est une manie dont j'aurai bien de la peine à me défaire. Le public et mes amis m'ont gâté ; il est trop tard pour me corriger.

Je continue donc sur le même ton.
La mère Babiche, dont Virgile et Homère auraient dû étudier le désespoir,
lorsqu'ils soupirèrent la douleur de la
mère d'Astyanax et de la mère d'Eu-
ryale, était déjà bien loin, et moi bien
près du port. Le temps était magnifique; tous les objets qui m'environnaient,
charmans : vingt personnes n'atten-
daient plus que moi pour aller au mont
Valérien. Le navire semblait impatient
de fendre les flots : je ne voulus point
retarder le départ, et je sautai à bord.
Quel tableau enchanteur! A droite et à
gauche de petits chemins, une grande
route, la lisière du bois de Boulogne,
des îles, des cabarets, des cabanes,
des masures. Ces diverses choses,
vues « dans tous les accidens de la lumière, rendaient les côtes » de Neuilly
« d'une beauté incomparable. La terre,
ainsi décorée, se présentait aux yeux
des nautoniers semblable à la vieille
Cybèle couronnée de tours, assise au

bord du rivage, et commandant à son fils Neptune de venir répandre ses flots à ses pieds. Une file de nuages blancs et dentelés suivait à l'horizon la direction des terres, et semblait en répéter l'aspect dans le ciel. Les ondes répétaient la dentelure des bois et des rochers, qui s'enchaînaient sur leurs rives. »

Il commençait à se faire tard : on ne voyait plus une lumière dans Neuilly. Le négociant en épices, certain de ne plus vendre de cassonade ou de ratafiat, était allé se reposer des fatigues de la journée. Avait-il le même plaisir que moi? J'en doute.

« Au plus beau coucher du soleil avait succédé la plus belle nuit. Le firmament, répété dans les vagues, avait l'air de reposer au fond de la mer. L'étoile du soir, ma compagne assidue, était prête à disparaître sous l'horizon: des brises passagères troublaient dans la mer l'image du ciel, agitaient les

constellations , et venaient expirer parmi les joncs avec un faible murmure.
La lune montrait son front large et
rougissant : une main secourable semblait élever ce phare pour nous montrer
le » mont Calvaire. Nous nous éloi-
gnons avec rapidité , et déjà « la côte
semblait s'évanouir, » lorsque le vent se
fixant à l'ouest , et descendant peu à
peu au sud-ouest , se changea en une
tempête terrible. Tu crois peut-être
que , cédant à mon goût pour le genre
descriptif , je vais te peindre à grands
traits , et la mer en courroux , et la
frayeur des passagers ? pas du tout.
«Enfant des tempêtes» , les expressions
me manquent. Je sais où il y a de ces
descriptions toutes faites, et une citation de plus ne me coûterait rien ; mais
qu'il te suffise d'apprendre que « notre
navigation ne fut plus qu'une espèce de
continuel naufrage » de quarante-deux
minutes ; ce qui n'est pas trop long.
Enfin, avec le jour, nous commençâmes

à fuir devant la lame, et nous aperçûmes
Puteau devant la proue du vaisseau :
est in conspectu Putanos. « Chaque flot
qui poussait notre vaisseau vers le saint
rivage, emportait une de nos peines. »

« J'allais m'enquérant de la montagne
sacrée, » lorsque j'aperçus mes compagnons occupés à braquer leurs lunettes
sur un point de vue un peu éloigné. Je
demandai ce qu'ils apercevaient. Le pa-
tron me répondit : *il monte Valerino.* Je
découvris bientôt à mon tour le mont
fameux. « Je me mis à genoux à la manière
des »Pantins ou des Pantinois (les deux
se disent). La partie de cette montagne,
considérée « du point de vue où j'étais,
paraissait d'une douceur et d'une couleur harmonieuses. »

Le débarquement s'opéra sans con-
fusion : mes compagnons de voyage
étaient tous de braves pélerins. Il fut
résolu qu'on passerait la journée à Suresne, jolie petite ville, située au pied
du mont Valérien, et qu'on n'irait que

le lendemain accomplir son pélerinage.

Je fus d'autant plus de l'avis de tout le monde, que je ne me sentais pas à mon aise. La fièvre s'attachait à moi avec un acharnement inconcevable. Cela ne m'empêcha pas cependant de rappeler à ma mémoire tout ce qui s'était passé, et de remplir au moins une page de mon journal ; car lorsqu'on a la fièvre, « l'ame est offusquée dans la partie où se réfléchissent les images, parce que l'imbécillité des sens ne lui transmet que des notions trompeuses ; mais la région des idées reste entière et inaltérable. »

Mon malaise ne se dissipait point ; apparemment que le climat de Suresne ne m'était pas favorable ; cependant « l'homme, dit-on, est comme le bœuf, un animal de tous les pays. » S'il en est ainsi, je demanderai « pourquoi sa capacité physique et morale ne se dilate pas avec celle de l'éléphant sous la ligne, et celle de la baleine sous le pôle. »

Je te laisse le soin de résoudre cette
question : pour moi, qui sais si bien
tirer « d'une cause infirme des conséquences saines, » je te l'avoue, je n'y
entends rien. Je te laisse le temps d'y
réfléchir; car je ferme ma lettre et vais
m'endormir en pensant à toi.

CHACTAS.

~~~~~~~~~~~~~~~~~~~~~~~~~~~

LETTRE XXI.

QUAND on débarque, la première
chose à faire est d'examiner les lieux
où l'on se trouve. Je parcourus donc
la ville : mêmes mœurs, mêmes habi-
tudes, même air dégagé, même pureté
de langage, mêmes costumes à peu près
que dans mon pays natal; enfin je trouvai un petit Pantin dans Suresne. « Le
monde y allait son train » ; les habitans
avaient un certain air de nonchalance
qu'on remarque aussi à Pantin. *Suren-
ninses autem omnes* (dit saint Luc) *ad
nihil aliud vacabant, nisi aut dicere, aut
audire aliquid novi.* La curiosité peut un
instant faire oublier la fatigue ; mais
tôt ou tard elle se fait sentir : aussi visi-
tai-je toutes les auberges pour en choisir une où je pusse gaîment attendre le
lendemain. Pour ne pas me tromper
dans mon choix, le mieux était de

m'adresser à un naturel du pays. J'en aperçus un : il était « seul à la porte de sa chaumière ; il prêtait l'oreille au son de la cloche de l'église ; son attitude était pensive ; il n'était distrait ni par les » oiseaux, « ni par les insectes qui bourdonnaient autour de lui. Cette noble figure de l'homme, plantée, comme la statue d'un dieu, sur le seuil d'une chaumière ; ce front sublime, bien que chargé de soucis ; ces épaules ombragées d'une chevelure noire, et qui semblaient encore se lever, comme pour soutenir le ciel, quoique courbées sous le fardeau de la vie : tout cet être si majestueux, bien que misérable, ne pensait-il à rien, ou songeait-il seulement aux choses d'ici-bas ? »

Je me hasarde à interrompre sa rêverie : il ne répond à ma question que du geste, en me désignant l'enseigne de la *Croix - Blanche*, à l'extrémité de la rue. A la *Croix-Blanche !* ... Cette enseigne convient aux idées d'un pélerin.

J'ai fait trente pas ; je suis rendu à ma destination. J'entre : on ne fait pas seulement attention à moi : c'était « avoir du guignon ». Le maître était en train de gronder sérieusement une jolie petite brune de quinze ou seize ans, qu'à « sa robe sans taches, à son front virginal, à ses yeux d'azur, à la modestie de son maintien, » je pris aisément pour la fille de la maison. Le père me salue et continue à gourmander la jeune personne : elle se défend mal, et, sans moi, allait peut-être recevoir une correction un peu trop forte. Je me lève, je me place entre les disputans ; je pare à propos un coup de nerf de bœuf : c'était mon devoir. L'homme doit se déclarer le défenseur de la femme, « de cet être le plus faible de la nature, toujours à la veille de la mort ou de la perte de ses charmes. Qui le soutiendra cet être qui sourit et qui meurt, » si nous lui refusons notre assistance ?...

Vous avez bien de la bonté, me dit
le papa, de vous intéresser à cette petite effrontée. — Qu'a-t-elle donc fait ?
— Elle ment sans cesse, ne veut convenir de rien. — Cela vous étonne ? « La
femme a naturellement l'instinct du mystère ; comme vierge et comme mère,
elle est pleine de secrets. » — Coquette
à l'excès, elle ne cherche que les moyens
de se faire regarder, quoique je lui répète
tous les jours qu'il faut se défendre du
premier regard d'un homme ; que, sans
s'en apercevoir et comme par enchantement, une jeune fille se laisse subju-
guer, séduire par les apparences trompeuses, et finit par en être la victime.
Ainsi, lui répétai-je à chaque minute,
« lorsqu'un serpent d'or et d'azur roule
au sein d'un pré ses écailles changean-
tes, lève une crète superbe au milieu
des fleurs, darde une triple langue de
feu et lance des regards étincelans, la
colombe, qui l'aperçoit du haut des
airs, fascinée par le brillant reptile,

abaisse peu à peu son vol, s'abat sur un arbre voisin, et, descendant de branche en branche, se livre au pouvoir magique qui a fait tomber des voûtes du ciel. » La comparaison me parut d'autant meilleure, qu'elle était dans mon genre, et je prenais plaisir à causer avec cet homme.

Cela s'avise, continua-t-il, d'avoir de l'amour. — Eh bien, que peut-on faire de mieux ? N'est-ce pas le plus beau, le plus généreux de tous les sentimens ? Ne vous y trompez pas, « l'amour n'est pas pour le cœur un penchant borné et frivole, mais une passion grande et sévère, dont la noble fin est de donner la vie à des êtres immortels. » — Bah ! bah ! « l'amour, illusion, chimère, vanité, rêve d'une imagination blessée. » — Vous en parlez bien à votre aise ! — Comment ? « j'ai connu les orages du cœur.... Cette tête n'a pas toujours été chauve. » — Je le crois ; mais vous n'avez plus, de cette passion, que de

légers souvenirs... A votre âge, rien de
plus naturel, et « les souvenirs de l'a-
mour, dans le cœur d'un vieillard, sont,
comme les feux de l'astre du jour réfléchis par l'orbe paisible de la lune,
lorsque le soleil est couché, et que le
silence de la mélancolie plane » sur
toutes les maisons. — Eh! Monsieur, à
son âge, sait-on ce qu'on désire, et
pourquoi on désire? Elle veut se marier, l'insensée!.... Connaît-elle « les
peines qui veillent sur l'oreiller du lit
conjugal? » Si elle s'en doutait, elle
changerait d'avis, j'en suis sûr. Tant
qu'elle sera gentille, elle plaira à celui
qu'elle croit devoir toujours l'adorer ;
mais tôt ou tard « ce beau visage se
changera en cette figure uniforme que
le sépulcre donne à la famille d'Adam;
l'œil même de son amant ne pourra
la reconnaître entre ses sœurs de la
tombe, » et puis « il y a des comméra-
ges vers la maison » du père la Bêche.

J'avais beau plaider la cause de la

jeune personne, le père trouvait toujours des raisons à m'opposer. « Tels
sont les vieillards : lorsqu'ils ont commencé un discours, ils s'enchantent
de leur propre sagesse ; un dieu les
pousse, et ils ne peuvent plus s'ar-
rêter. »

Ainsi je vis que ce que j'avais de mieux
à faire, était de dîner, de laisser le père
chapitrer sa fille, de laisser sa fille promettre de se corriger, et attendre l'instant de s'échapper pour revoir son
amant. Je renonçai donc au rôle de
pacificateur ; je ne voulus plus m'ini-
tier dans les querelles de famille, et
courus me promener jusqu'au soir,
« pour remplir l'abîme de mes mo-
mens. »

CHACTAS.

~~~~~~~~~~~~~~~~~~~~~~~~~~~~~

LETTRE XXII.

Tu désires, ma chère Atala, que je garde soigneusement copie des lettres que je t'adresse, afin de les faire imprimer un jour. Sois sans inquiétude, rien ne sera perdu pour la postérité : je ne suis pas homme à jeter mes coquilles. Maintenant veux-tu rentrer avec moi à l'auberge de la *Croix-Blanche ?*

J'en étais sorti, comme tu l'as vu, pour laisser l'hôte crier tout à son aise contre une jeune fille qui est assez folle pour devenir amoureuse, tandis qu'il voudrait qu'elle restât fille toute sa vie. Etait-il, après tout, si déraisonnable ce père inflexible ? En y réfléchissant, je ne le crois pas ; car « la virginité fait partie des souvenirs dans les choses antiques, des charmes dans l'amitié, du mystère dans la tombe, de l'innocence

dans le berceau, de l'enchantement
dans la jeunesse, et de l'humanité dans
le religieux. » Ce que ce bon père crai-
gnait le plus, c'était l'isolement où il se
trouverait lorsque sa fille quitterait le
toit paternel pour celui de son époux.
Crainte déplacée, lui dis-je, n'êtes-vous
pas riche ? avec de l'argent s'ennuie-t-on
jamais ?

Fortunate senex! ergo tua rura manebunt.

Tout cela est fort bon, me répondit-
il, mais « le temps arrive, menant la
vieillesse par la main ; et quand le
néant, comme un astre funeste, commence à se lever sur l'horizon de la
mort, » que reste-t-il à celui qui a con-
senti à se priver d'un appui tutélaire ?
Des champs... mais on ne peut s'y traîner seul ; il faut qu'une main secourable.... il ne put achever, et pleura....
« Je fus étonné de la quantité de larmes
que contiennent les yeux » d'un aubergiste de Suresne. Par fois l'attendrisse-

ment mène à la gaîté : c'est ce qui arriva :
le vieillard se laissa persuader et sourit.
Il ne fut plus alors question que de mes
projets et de mon voyage. Le lendemain on m'accompagna jusqu'au pied
de la montagne sacrée : c'était un di-
manche. La nature parée de tous ses
attraits invitait au plaisir ; « les fleurs,
l'innocence, les oiseaux, les amours,
toute cette jeune partie de l'univers, »
se réjouissaient : je rejoignis mes compagnons. Chaque villageois s'empressa
de remplir nos gourdes d'un petit vin
excellent, et cela avec une grâce, une
aménité sans pareilles. « Les hauts sentimens de la nature humaine prennent à
Suresne quelque chose d'élégant qu'ils
n'ont point » à Neuilly.

Adieu, mon Atala, on vient m'interrompre, et je suis obligé de quitter
la plume.

CHACTAS.

LETTRE XXIII.

J'ai bien vu des montagnes en ma vie, tu le sais : eh bien! ce sont des miniatures auprès du mont Valérien. L'accès en est d'une difficulté insurmontable, mais on ne peut se défendre d'un certain enthousiasme en contemplant ce mont fameux. Ici, ce sont des vignes nombreuses; là, une terre rougeâtre ; plus loin des cailloux qui vous déchirent les pieds ; plus loin encore des coquilles d'huîtres apportées, on ne sait comment, des quatre coins de Paris ; partout de la sécheresse, des orties, quelques roses inodores étonnées de se trouver en pareille compagnie. Ces aspects extraordinaires «décèlent de toutes parts une terre travaillée par des miracles ; » enfin « toute la poésie, tous les tableaux de l'Ecriture, sont là. »

Nous étions tous en nage lorsque nous arrivâmes sur la plate-forme. Le plus pressé était donc ne nous reposer, avant d'aller visiter le couvent. Nous nous arrêtâmes sur une pelouse assez bien ombragée, devant la maison d'un marchand de vin : on nous fit accueil. La jeunesse des environs était réunie dans cette enceinte et tirait à l'arquebuse. J'ai toujours eu le coup-d'œil juste. On n'est pas maladroit ; un gobelet d'argent était le prix de l'adresse ; on aime autant à le gagner qu'un autre. Je demandé à être reçu parmi les prétendans au prix ; on y consent. Mes rivaux approchent du but : seul je suis vainqueur, et on me déclare chevalier de l'arquebuse. J'en reçois l'ordre : cet ordre était autrefois très-répandu en Europe. J'éprouvai un instant de vrai plaisir : « qu'on se rappelle les circonstances de ma vie avantureuse, mes courses sur la terre, sur la mer, et l'on croira sans peine que je pouvais être ému. »

Il est sans doute bien agréable de l'emporter sur ses rivaux ; mais lorsque ces rivaux, jaloux de votre victoire, furieux de ce qu'un étranger vient leur ravir le prix de l'adresse, ne vous offrent pas même de vous rafraîchir, quoiqu'ils voient parfaitement que vous êtes accablé de chaleur, et que votre gourde est vide : ma foi, cela dégoûte un peu des honneurs du triomphe. Tout chevalier de l'arquebuse que j'étais, j'allai chercher une fontaine pour m'y désaltérer. Lorsque j'y arrivai, un petit chien épagneul était en train d'y apaiser sa soif; mais il « s'éloigna doucement, comme pour me céder sa place au banquet de la Providence. Ainsi renaissaient pour moi ces jours du berceau du monde, alors que le premier homme, exempt de souillure, voyait les bêtes de la création se jouer autour de leur roi, et leur demander le nom qu'elles porteraient au désert. »

Maintenant entrons dans les saints

lieux ; mais, avant de t'en parler, per-
mets que je recueille mes idées, et que
je remette à un autre jour cette impo-
sante description.

CHACTAS.

————————

~~~~~~~~~~~~~~~~~~~~~~~~~~~~~~~~~~~~

LETTRE XXIV.

JE me présentai à la porte du couvent avec tous mes compagnons ; un frère *au cœur limpido e bianco* vint nous ouvrir tout en épluchant des racines. J'annonçai l'objet de notre voyage , quoiqu'il fût aise de le deviner. Il n'est pas lui, dis-je , mon frère, que vous n'ayez entendu parler de moi , je me nomme...... A mon nom, le frère *au cœur limpide e bianco* me saute au cou, en s'écriant : « Ah ! mon cher Ata.. ! — ma chère Re...» — Le camarade confondait un peu le genre des noms français ; mais il faut considérer que c'était un cuisinier ; d'ailleurs , *non ego paucis offendar maculis.* Tout le monde , me disais-je , a donc lu mes ouvrages.... depuis le perruquier de la rue Mouffe-

tard jusqu'au frère coupe-choux du
mont Valérien? Il me conduisit auprès
du supérieur, qui, après les salutations
d'usage, me donna un guide pour m'ac-
compagner dans l'intérieur de la maison. Je le remerciai par une phrase latine qui, autant qu'il peut m'en souvenir, était détestable. J'ai bien cherché à la changer depuis mon retour,
mais elle n'en vaut pas mieux. C'est
peut-être la première fois que j'ai man-
qué de citations : alors j'ai été obligé
de puiser dans mon propre fonds ; et
c'est bien différent! Maintenant il faut
te faire la description du mont Valérien et des Saints-Lieux, comme je te
l'ai promis. Imagine-toi. . . . .
. . . .
. . . .

Mais quelle folie!..... je n'y pensais
pas..... Ce serait te répéter ce que tu
sais déjà, et alonger ma lettre sans la
moindre nécessité..... puisque tu peux
trouver cette description dans le Mer-

cure imprimé à Landernau, en 18.....
justement voici le numéro et je le joins
à ma lettre.....

CHACTAS.

———————

~~~~~~~~~~~~~~~~~~~~~~~~~~~~~~

LETTRE XXV.

JE laissai mes compagnons qui n'étaient pas encore disposés à partir, et je suivis le chemin opposé à celui par lequel nous étions arrivés. Une fois au bas de la montagne sacrée, le difficile était de savoir s'il fallait aller à droite ou à gauche. Un berger, qui gardait ses moutons, me parut planté là tout exprès pour éclaircir mes doutes. Il tenait à la main une houlette, emblème du pélerinage de l'homme ici-bas, et faisait retentir ses vignes des accens de sa musette :

« *Tityre, pingues*
Pascere oportet oves, diductum dicere carmen. »

Il eût peut-être pu choisir un instrument plus agréable.... Mais pourquoi ? celui-là en vaut bien un autre ; et j'aurais dû sentir qu'il faut « peu de chose pour passer la vie, et qu'après tout, dans un terme aussi court, il est assez indifférent d'avoir épouvanté la terre par le son du clairon, ou charmé le bois par les soupirs d'une musette. » L'essentiel était qu'il m'indiquât la route qu'il fallait suivre pour retourner dans ma patrie. J'interrogeai donc, on me répondit avec précision, et me voilà cheminant encore.

J'entre dans Saint-Cloud : je vois le parc. Une heure était passée depuis que des souverains adorés avaient traversé ces beaux lieux, et l'écho prolongé et les vents favorables conservaient encore dans l'air le bruit des acclamations qu'avait excitées leur auguste présence.

J'avais à choisir, ou de continuer la route à pied, ou de m'embarquer. « La forme antique de la galère » sur laquelle je devais monter, les chevaux qui nous tiraient à la cordelle, la beauté » du

fleuve, « la solitude des côteaux ,» tout
semblait « devoir rendre cette navigation pittoresque et agréable. » Je ne
fus cependant pas tenté de m'exposer
encore en pleine mer. Assez d'orages
comme ça ; et bien m'en prit, car la galère antique fut submergée.

Je me dirigeai vers Boulogne. Là,
de touchans souvenirs se réveillèrent
dans mon ame : là, des pélerins
comme moi avaient fait élever une
église : est-ce celle qu'on y voit encore ?
Cela n'est pas bien certain ; mais n'importe : à tout hasard, *je la saluai.*
En passant devant une maison , je fus
frappé par les cris d'un petit garçon
qui venait de se fouler le pied. Chacun
discourait sur ce qu'il était à propos de
faire pour le soulager. Je me souvins
aussitôt que , « dans mon enfance, on
m'avait guéri » de la fièvre « avec de la
petite centaurée. » J'en conseillai l'usage
et je continuai mon chemin. En passant
à Auteuil , « il me sembla voir errer

autour de moi » les ombres illustres de Nicolaï, de Lebeau, de d'Aguesseau et du législateur du parnasse.

« Antoine , gouverneur de mon jardin d'Auteuil. »

J'étais tellement occupé des souvenirs que ces grands noms réveillaient dans mon imagination, que je ne m'apercevais pas de la longueur du chemin que je venais de parcourir, et que j'allai donner de la tête dans un groupe de monde assis devant la porte d'un jardin. Un rire universel éclate autour de moi; je sors de ma rêverie, et me trouve à côté d'une femme charmante, qui allaitait le plus joli enfant du monde. « La mamelle était pleine ; la bouche du jeune convive n'était point armée, de peur de blesser la coupe du banquet maternel. » Le petit marmot était l'objet de l'attention générale. On souriait sitôt qu'il se disposait à parler ; et cependant « que disait - il pour donner tant de joie à ce vieillard, à cet homme

fait, à cette femme » qui l'environnaient? Il criait « deux ou trois syllabes
à demi formées ; et voilà des êtres raisonnables transportés d'alégresse, depuis l'aïeul qui sait toutes les choses de
la vie, jusqu'à la jeune mère qui les
ignore encore! Qui donc a mis cette
puissance dans le verbe de l'homme?
Pourquoi le son d'une voix humaine
nous remue-t-il si impérieusement?» Je
crois l'avoir deviné : c'est qu'on dit que
« ces paroles inarticulées sont les premiers bégaiemens d'une pensée immortelle. » J'ai bien peur, avec ce rai-
sonnement, « de faire sourire de pitié
les esprits-forts. » Cela n'en est pas
moins vrai ; d'ailleurs je raisonne comme
je peux : les « habiles viendront après
moi ; » et ils feront mieux.

Mais j'ai, je crois, entendu pronon-
cer mon nom. Voyons : ouvrons ma
fenêtre. Qui appelle?..... Ah! c'est le
facteur! J'attends une lettre de mon
ingénieur-géographe...... C'en est une

de mon imprimeur.... Pressée.....
Lisons : tu veux bien me le per-
mettre ?

CHACTAS.

———————

LETTRE XXVI.

L<small>E</small> maudit homme ! l'homme insupportable ! Je te l'ai déjà dit : *mi fa tornar la testa*. Ne s'avise-t-il pas, cet imprimeur ; ne s'avise-t-il pas *de m'écrire* une lettre comme celle de Marceline ! Quatre grandes pages ! et tout cela, pourquoi ? Pour m'engager à revoir le dernier livre des *Amours d'Eudore et de Cymodocée*, qui contient mes adieux à la Muse. Il y a, dit-il, plusieurs phrases qui frisent le galimathias. Je vais te donner un échantillon de ces phrases, et tu jugeras :

« Muse, je ne dirai plus les songes séduisans des hommes ; il faut quitter la lyre avec la jeunesse. »

« J'étais à peine sorti de l'enfance, tu montas sur mon vaisseau rapide, et tu chantas les tempêtes qui déchiraient ma voile. »

« J'aperçois les bornes de la course ;
je vais descendre du char pour chan-
ter l'hymne des morts. »

« Je ne laisserai pas tomber mon
cœur des régions élevées où tu l'as
placé. »

« J'ai consacré l'âge des illusions à
la riante peinture du mensonge ; j'em-
ploierai l'âge des regrets au tableau sévère de la vérité, etc. etc. etc. » . .

. . . .

. . . .

Qu'en dis-tu ? toi qui t'y connais !
J'espère que voilà de la belle poésie en
prose ; mais il y a des gens « qui ont
l'esprit vide et l'ame creuse ; » ils ne
comprennent, ils ne sentent rien, et
cependant ils poussent l'audace jusqu'à
prétendre qu'on pourrait dire de mes
ouvrages ce qu'Alceste disait du son-
net d'Oronte :

« Ce n'est que jeu de mots, qu'affectation pure,
« Et ce n'est pas ainsi que parle la nature. »

Oh ! l'envie ! l'envie aux doigts cro-

chus... Mais laissons cette maudite lettre et les réflexions qu'elle a amenées,
pour continuer ma route, car enfin.....
il faut arriver. Pas un seul objet capable
de piquer la curiosité, et de suspendre la
rapidité de ma course : après avoir
salué Chaillot, comme un ahuri, je
doublai de vîtesse pour gagner une auberge, à la porte de laquelle j'apercevais une chaise de poste, qui se disposait à partir : en courant pour joindre
cette voiture, je manquai être pincé
fortement par une troupe d'oies, que
je foulai aux pieds. Par bonheur, ils
ne firent que s'envoler avec une telle
force et une telle vîtesse, qu'ils cou-
vrirent le sol de leurs plumes. Heureux, m'écriai-je, « le favori des
Muses qui, comme » l'oie, « a quitté
la terre sans y laisser d'autres débris
et d'autres souvenirs que quelques plumes de ses ailes! » Je parlai au postil-
lon : il n'attendait plus qu'un lapin pour
donner le coup de fouet du départ. Je

fis mon prix pour aller jusqu'à Pantin, et je montai dans la carriole, où je trouvai trois compagnons de voyage. Je bâillais aux corneilles, en attendant que le lapin voulût bien se présenter, lorsque je vis passer une hirondelle. J'ai toujours eu un faible pour les hirondelles : celle-ci arrivait peut-être de Pantin directement. « Je fus bien tenté de lui demander des nouvelles de ce toit paternel que j'avais quitté depuis si long-temps. Je me rappelle que, dans mon enfance, » n'ayant rien de mieux à faire, « je passais des heures entières à voir, avec je ne sais quel plaisir triste, voltiger les hirondelles en automne. Un secret instinct me disait que je serais voyageur comme ces oiseaux. Pourquoi, de tous les souvenirs de l'enfance, préférons-nous ceux qui remontent vers notre berceau ? Au bord des lacs de l'Amérique, dans des déserts inconnus qui ne racontent rien au voyageur, dans une

terre qui n'a pour elle que la grandeur
de la solitude, une hirondelle suffisait
pour me retracer les scènes des premiers jours de ma vie, comme elle me
les a rappelées sur la mer de Syrie, à
la vue d'une terre antique retentissante
de la voix des siècles et des traditions
de l'histoire, » comme elle me les rap-
pelait.... sur la route de Saint-Cloud.

La voiture est complète, le fouet a
retenti ; j'ai revu Pantin ! !...

CHACTAS.

~~~~~~~~~~~~~~~~~~~~~~~~~

LETTRE XXVII *e⁺ dernière.*

« J'ai toujours dérobé quelque chose aux monumens sur lesquels j'ai passé. Ulysse retourna chez lui avec de grands coffres pleins des dons que lui avaient faits les Phéaciens, je suis rentré dans » mon endroit avec de jolies *reliques*, un petit Saint-Jean de cire, une *pierre* à dégraisser, une *pierre* à repasser que j'ai trouvées à Suresne; avec « une bouteille » de ratafiat de Neuilly, un chapelet d'ivoire, enrichi de bois d'ébène ; avec « un étui d'os » que m'a donné le chef d'office des PP. du mont Valérien ; avec une bouteille d'eau de l'étang que j'ai pris pour « la mer Morte. » J'ai dépensé *cinquante* francs ; c'est faire les choses en grand......, j'ai rapporté en lambeaux les deux chemises qui composaient mon bagage ; « pour peu que mon voyage se fût prolongé, je serais revenu à pied, avec un bâton blanc : malheureusement je n'aurais pas trouvé, en arrivant, un bon frère qui m'eût dit, comme le vieillard des *Mille et une Nuits* : Mon frère, voilà mille sequins, » achetez des chemises, « et ne voyagez plus. »

« Les anciens pélerins prenaient pour le retour un bâton de palmier. Je n'ai pas rapporté à » Pantin « un pareil symbole de gloire ; je n'ai pas attaché à mes derniers travaux une importance qu'ils ne méritaient pas » du tout (1); mais du tout. « Il y a vingt-un ans » bien comptés « que je me consacre à l'étude, au milieu de tous les hasards et de tous les chagrins, *diversa exilia et desertas quærere terras*. (Je l'ai déjà dit au public ; j'aime à le lui redire, quoique cela lui soit fort égal.) « Un grand nombre des feuilles de mes livres ont été écrites sous la tente dans les déserts,

_____

(1) Historique. (*Note du traducteur.*)

14

au milieu des flots » ou dans mon cabi-
net. « J'ai fait mes adieux aux Muses »
prosaïques; maintenant je vais, sans
rien dire, élever un petit « monument
à ma patrie. » Je ne suis plus très-
jeune ; je n'ai plus l'amour du bruit : »
cela incommode. « Je sais que les lettres, dont le commerce est si doux
quand il est secret, ne nous attirent
au dehors que des orages. Dans tous
les cas, j'ai assez écrit», et même beaucoup, disent les malins, pour quelqu'un
qui n'en fait pas son état.

« J'ignore si mes recherches passe-
ront à l'avenir ; mais au moins j'aurai
mêlé mon nom à celui » de Suresne et
du mont Valérien, « qui peuvent seuls
le sauver de l'oubli. »

Es-tu contente, Atala ?

CHACTAS.

PIÈCES JUSTIFICATIVES.

CONTRAT PASSÉ ENTRE LE BACHOTEUR
DUBOIS ET M. DE ***.

MOI, *Eustache-Jérôme-Polycarpe Du-*
bois, né natif de la Grenouillère, demeu-
rant zau Gros-Caillou, rue de la . . . . ,
la porte cochère au cintième au-dessus de
l'entersol, n° 120, propriétaire bachoteur
embarquant zau vis-à-vis des Invalides,
pour débarquer en rayon droit jusqu'aux
Champs-Élysées, avoir, zau jour d'au-
*jourd'hui, contracté zavec M. ***, de lui*
céder zune place, de l'tenir za son aise,
de n' pas souffrir que les bachoteux, mes
garçons, la Ramée et Jérôme, le molessent
durant la traversée, pour nosolis d'son
passement et paiement, comme de l' r'tirer

*d' l'ieau, si l'hazard faisait que, comme un canard, il y voulût boir' zun coup, se sont convenus la somme de centines dix; n° 10, que M. *** a comptée audit Dubois, et lui déclarer les avoir reçus, moyennant quoi le bachoteux ne pourra rien autre demander de lui, ni à leur arrivée aux Champs-Élysées et lorsqu'il devra se débarquer, et ont signés tous les deux le présent contrat, qui doit valoir en tout temps et lieu.*

Lutèce, ce 6 septembre 18..., etc.

TRADUCTION

DU MARCHÉ CI - CONTRE.

Moi, Eustache - Jérôme - Polycarpe Dubois, batelier, né à la Grenouillère, demeurant au Gros-Caillou, rue . . . . , n° 120, au cinquième, propriétaire d'un bateau servant à porter les voyageurs, du quai qui règne en face les Invalides, au rivage qui borde les Champs-Élysées, je suis convenu, par le présent contrat, de céder, à M. ***, une place dans mon bateau, de le faire respecter par mes garçons, Jérôme et la Ramée, de lui donner tous les secours possibles, si par malheur il venait à se noyer ; le tout pour la somme de dix centimes, que ledit sieur *** m'a bien voulu compter, moyennant lequel paiement, je m'engage à ne plus rien demander audit passager, lors de son débarquement, et avons tous deux signé le présent contrat, pour servir et valoir ce que de raison.

Paris, 6 septembre 18.... etc.

ITINÉRAIRE

DE PANTIN

JUSQU'AU MONT CALVAIRE,

ET DU MONT CALVAIRE

JUSQU'A CHAILLOT,

*Avant les années mille, huit cent et onze,
et écrit dans un langage très-simple.*

———

De Pantin à la porte Saint-Martin. . o,^{mir.} 444

De la porte Saint-Martin au faubourg
Saint-Marceau. . . . . o, 222

Du faubourg Saint-Marceau au Pont-
Neuf. . . . . o, 111

Du Pont-Neuf aux Invalides. . . . . o, 111

Des Invalides à la barrière de l'Etoile, o, 111

De la barrière de l'Étoile à Neuilly. o, 222

De Neuilly à Suresne. . . . . o, 111

De Suresne au mont Valérien. . . . o, 111

Du mont Valérien à Saint-Cloud. . . ; 0,^{min} 222

De Saint-Cloud à Boulogne. 0,   III

De Boulogne à Auteuil. 0,   III
et en mètres,   16,20

D'Auteuil à Chaillot. 0,   222

De Chaillot à ......, ... en mètres,   81

DISSERTATION

SUR L'ÉTENDUE

DE L'ANCIEN MONT VALÉRIEN

ET DE SON TEMPLE.

LES montagnes qui tiennent un rang considérable dans l'histoire, exigent des recherches particulières sur ce qui les regarde dans le détail. On ne peut disconvenir que la montagne du Calvaire ne soit une des plus escarpées, et qui mérite le plus de faire l'objet de notre curiosité.

On fait donc savoir à tous ceux qui ne le savent pas, qu'on croit que le mont Valérien tire son origine de *Valerianus Severus*, et non de *Valérien*, père de l'empereur Gallien; que, dans les

siècles les plus reculés, quelques ermi-
tes, *hommes et femmes*, ont toujours
habité cette montagne, qui, sous
Louis XIV, soutint un siége mémora-
ble, où les habitans de *Nanterre* et de
Gonesse rivalisèrent de courage.

———————

MÉMOIRE

SUR SURESNE.

QUESTIONS.	SOLUTIONS.
1	1
Qu'est-ce que c'est que Suresne?	*Un village situé sur la rive gauche de la Seine.*
2	2
Qu'est - ce qu'on y remarque ?	*Rien.*
3	3
Qu'est - ce qu'on y trouve de bon ?	*Rien.*
4	4
Que produit le sol ?	*Beaucoup de vignes et du vin détestable.*
5	5
Les femmes y sont-elles jolies ?	*Ne parlons pas de ça.*

QUESTIONS.	SOLUTIONS.
6	6
Y médit-on ?	*Comme partout.*
7	7
Combien de troupes entretient - on à Suresne ?	*Deux gardes champêtres.*

FIN.

Extrait du Catalogue des Livres qui se trouvent chez J. G. DENTU, *Imp.-Lib.*, *rue du Pont de Lodi*, n° 3; Et au Palais-Royal, galeries de bois, n°⁵ 265 et 266.

GÉOGRAPHIE MODERNE, *rédigée sur un nouveau plan,* ou *Description historique, politique, civile et naturelle des Empires, Royaumes, Etats; et leurs Colonies, avec celles des Mers et des Iles de toutes les parties du monde,* par J. PINKERTON et C. A. WALCKENAER, revue, corrigée et considérablement augmentée, principalement d'articles sur les langues, par *L. Langlès*, membre de l'Institut, l'un des administrateurs - conservateurs de la Bibliothèque impériale, etc. Précédée d'une Introduction à la Géographie Mathématique et Critique et à la Géographie Physique, ornée de cartes et planches, par *S. F. Lacroix*, membre de l'Institut et de la Légion d'honneur, etc.; suivie d'un Précis de Géographie ancienne, par *J. D. Barbié du Bocage*, membre de l'Institut, Professeur de géographie et d'histoire à l'Université impériale, etc.; accompagnée d'un atlas grand in-folio, dressé par *P. Lapie*, ingénieur-géographe de première classe au Dépôt de la Guerre, d'après les autorités les plus récentes; avec une liste des meilleures Cartes et livres de Voyages. — Iʳᵉ et IIᵉ livraisons, formant deux volumes in-8. sur papier carré fin, prix, avec les cartes en noir grand in-folio, 19 fr.

Le même, avec les cartes coloriées, 20 fr.

Papier vélin superfin, dont il y a très-peu d'exemplaires, 48 fr.

La première livraison contient l'Introduction à la Géographie-Mathématique, etc.; la deuxième contient la description de l'Asie, jusques et compris l'Empire des *Barmas*.

ABRÉGÉ DE GÉOGRAPHIE MODERNE, rédigé par les mêmes auteurs; 1 vol. in-8. de 1300 pages, orné de 11 cartes coloriées, dessinées par MM. Arrowsmith et Lapie: ouvrage conforme à la division politique de l'Europe en 1811, et adopté pour l'instruction des Ecoles impériales militaires de France, 12 fr.

Relié très-proprement en basane, dos brisé, 24 fr.

RECHERCHES sur l'origine et les progrès des Scythes ou Goths, servant d'introduction à l'Histoire ancienne et moderne de l'Europe; traduit de l'anglais de J. PINKERTON; 1 vol. in-8, orné d'une Carte du monde connu des Anciens, et gravée par *Tardieu*, 6 f.

Idem. vélin satiné, carte coloriée, 15 f.

CLINIQUE CHIRURGICALE, ou Mémoires et Observations de Chirurgie clinique, et sur d'autres objets relatifs à l'art de guérir; par Ph. J. Pelletan, Chirurgien consultant de LL. MM. II. et RR., Chevalier, Membre de la Légion d'honneur et de l'Institut de France, Chirurgien en chef de l'Hôtel-Dieu, etc., etc., etc.; 3 vol. in-8 sur pap. fin d'Angoulême, ornés de cinq planches dessinées et gravées par d'habiles artistes; 21 fr.

TRAITÉ ÉLÉMENTAIRE d'Anatomie et de Physiologie par J. B. F. Léveillé, docteur en Médecine de la Faculté de Paris, professeur d'Anatomie, de Physiologie et de Pathologie, etc. 4 vol. in-8 sur papier fin.
Cet ouvrage formera 4 volumes, divisés en quatre parties, dont on publie aujourd'hui les deux premières.   10 fr.

VOYAGE EN GRÈCE, par *J. L. S. Bartholdy*, fait dans les années 1803 et 1804; 2 vol. in-8, ornés de 15 planches et d'une carte de la Grèce, dressée par P. Lapie,   12 f.
Pap. vél. d'Annonay,   24 f.

Rapport historique sur les progrès des sciences en France depuis 1789, et sur leur état actuel, présenté à S. M. l'Empereur et Roi par les trois classes de l'Institut, 3 vol in-8. grand raisin,   12 fr.
Le même, papier vélin,   18 fr.
Le même, in-4,   15 fr.
Le même, vélin,   12 fr.
    Nota. Chacun de ces rapports se vendent séparément.

Bible (la) de la jeunesse, ou histoire de l'ancien et du nouveau Testament, avec des explications édifiantes, par le sieur de Royaumont, nouvelle édition, ornée de 72 fig. en taille-douce, 4 vol. in-18,   12 f.
Etrennes lyriques, anacréontiques, pour l'année 1811, rédigées par M. Cholet de Jetphort, vingtième année, 1 vol. in-12, pap. superfin d'Annonay, ornée d'une jolie gravure, 2 f 50 c.
La Maltéide, ou le siége de Malte par Soliman II, empereur des Turcs, poème en 16 chants, par N. Halma, jeune, 1 vol. in-8, sur gr. raisin superfin,   6 f.
Nouveau Système de navigation, ayant pour objet la liberté des mers pour toutes les nations, et la restauration immédiate de notre commerce maritime, au sein même de la guerre actuelle, par M. Ducrest, 1 vol. in-8,   2 f.
Conseils aux propriétaires de terres, de maisons, et de rentes sur l'Etat, et moyens indiqués pour que chacun conserve son capital et son revenu, par M. D. M., Référendaire en la Cour des Comptes,   50 c.
Quelques idées sur le commerce, etc.; par le même,   75 c.
Réponse aux reproches que les gens du monde font à l'étude de la botanique, lue à la Société des sciences physique, médicale et d'agriculture d'Orléans; par Auguste de Saint-Hilaire, in-8,   75 c.
Recherches, expériences et observations physiologiques sur l'homme dans l'état de somnambulisme naturel, et dans le somnambulisme provoqué par l'acte magnétique. Par M de Puységur; 1 vol. in-8,   6 f.
Mémoires pour servir à l'histoire et à l'établissement du magnétisme animal, 2e édition, par *le même*;   5 fr.
Du Magnétisme animal, considéré dans ses rapports avec diverses branches de la physique générale, 1 vol. in-8, par *le même*,   5 f.

    Nota. Les personnes qui prendront les trois volumes ne paieront que 15 f.

VOYAGE en Allemagne et en Suède, contenant des observations sur les phénomènes, les institutions, les arts et les
mœurs, des anecdotes sur les hommes célèbres, et le tableau
de la dernière révolution de Suède ; par M. Catteau ; 3 vol.
in-8° sur pap. fin,   12 fr.
VOYAGES *dans l'Amérique méridionale*, par don Félix de
AZARA ; 4 vol. in-8° et atlas in-4°   42 f.
Le même, pap. vélin,   84
Il y a quelques exempl. où les oiseaux et quadrupèdes sont co-
loriés d'après nature,   130 f.
VOYAGE EN ESPAGNE, par TOWNSEND ; 3 vol. in-8° et
atlas in-4°   30 f.   — Pap. vélin, 60 f.
VOYAGES AU PEROU, faits dans les années 1791 à 1794 ;
2 vol. in-8° et atlas in-4°   18 f.   — Pap. vélin, 36 f.
OSSIAN, fils de Fingal, traduit par Letourneur ; nouvelle
édition, augmentée d'un grand nombre de poésies ; 2 v. in-8,
fig. et portrait d'Ossian, 12 fr.   — Pap. vél. superfin, 24 f.
SERMONS inédits du P. Bourdaloue, publiés par l'abbé
Sicard ; 1 vol. in-12, 3 fr.   —*Le même*, in-8° 5 f.

PARIS dans le dix-neuvième siècle, pour faire suite au Tableau
de Paris de Mercier, ou réflexions d'un observateur sur l'esprit
public, la société, les ridicules, les femmes, les journaux,
les théâtres, etc. Par P. Jouhaud, avocat ; 1 vol. in-8° 5 fr.

COURS ELEMENTAIRE *d'Histoire universelle ancienne et
moderne*, rédigé sur un nouveau plan, ou lettres de madame
d'Ivry à sa fille ; par mademoiselle M. de B.... Dédié à S. A. I.
et R. madame Mère. Dix vol. in-12 sur pap. fin, ornés de 2
belles cartes de géographie ancienne et moderne,   30 f.
Cet ouvrage a été adopté par S. E. le grand-chancelier de la Légion d'honneur,
pour les grandes Maisons impériales.

LETTRES HISTORIQUES, politiques, philosophiques et
particulières de Henri Saint-John, lord vicomte BOLING-
BROKE, depuis 1710 jusqu'en 1736 ; totalement inconnues en
France, dont seulement une partie a été publiée en Angleterre, dans des ouvrages différens, en langue anglaise ; collec-
tion imprimée sur les originaux de la main de BOLINGBROKE,
contenant les secrets de la négociation de la paix d'Utrecht,
avec une foule de détails très-variés sur l'histoire, la morale,
la philosophie, la littérature et l'érudition, éclaircis par des
explications ou notes sur les principaux personnages dont il
est question dans ces lettres, qui sont précédées d'une notice
historique sur Bolingbroke, d'une chirographie ou copie figu-
rée de son écriture, et du portrait très-ressemblant de cet illustre anglais ; publiées par M. le général Grimoard, éditeur
des Œuvres de Louis XIV, etc ; 3 vol in-8° de 1500 pages,
sur caractères neufs, pap fin d'Angoulême,   18 fr.
Il a été tiré quelques exemplaires en papier vélin,   36 fr.

ŒUVRES COMPLÈTES DE P. J. BITAUBÉ, 9 v. in-8°

L'ILIADE ET L'ODYSSÉE D'HOMÈRE, 5e édit., revue,
corrigée avec le plus grand soin, et augmentée de plusieurs
remarques ; ornée du portrait d'Homère, gravé par Saint-
Aubin ; du bouclier d'Achille, et de la Carte homérique, pour

servir à l'intelligence du texte (1), et d'une Notice sur la vie et les écrits de Bitaubé, et de son portrait.

JOSEPH, 7e édition, revue et corrigée, 1 vol.

LES BATAVES, nouvelle édition entièrement refondue.

HERMAN et DOROTHEE, traduit de l'allemand de Goëthe; suivi de plusieurs Mémoires sur la littérature des anciens.

Prix des 9 vol. brochés et étiquetés . . . . . 45 f.
Pap. grand raisin 70
Pap. carré vél. d'Annonay, ... 90
Pap. gr. raisin vélin superfin, *dont il n'a été tiré que très-peu d'exemplaires,* 135
Il y a quelques exemplaires, avec les eaux-fortes et les portraits avant la lettre, ... 150

LEÇONS élémentaires de Chimie, à l'usage des Lycées; ouvrage rédigé par ordre du Gouvernement; par P. A. Adet; 1 gros vol. in-8°   6 f.

ABREGE de l'histoire de Russie, depuis son origine jusqu'au traité de paix de Tilsit; 2 vol. in-12 ornés de la carte de la Russie,   5 f.

LEÇONS élémentaires de Botanique, à l'usage des Cours publics et particuliers et des Ecoles ou Lycées; par J. C. Philibert; 1 vol. in-8°   6 f.
Le même, orné de 10 planches coloriées,   8 fr.

HISTOIRE naturelle abrégée du ciel, de l'air et de la terre, par *le même;* 1 vol. in-8° grand-raisin, orné de 11 planches,
                                                      7 fr. 50 c.

AVENTURES DE TELEMAQUE, avec les notes mythologiques de F. Noël; 4 vol. in-18 ornés de 25 gravures et d'une carte pour servir aux voyages de Télémaque et d'Ulysse, 10 f.
Pap. vélin,   20 fr.
Le même, avec les notes critiques et historiques,   12 f.
Pap. vélin,   24 f.

TELEMACHIADOS libros XXIV e gallico sermone Fénélon, in latinum carmen transtulit Stephanus-Alexander Viel. Un vol. in-12,   3 f.

HISTOIRE critique de la République romaine, par Pierre-Charles Levesque; 3 vol. in-8° 15 fr.   — Pap. vélin, 30 f.

LE GENIE de Bossuet, ou Recueil des plus grandes pensées et des plus beaux morceaux d'éloquence répandus dans tous les ouvrages de cet écrivain; 1 vol. in-8° 5 f.— Pap. vél. 10 f.

L'ESPRIT des Orateurs chrétiens, ou la Morale évangélique; extrait des ouvrages de Bossuet, Bourdaloue, Massillon, Fléchier et autres célèbres orateurs; 2 vol. in-12,   4 f.

SOUVENIRS D'UN HOMME DE COUR, ou *Mémoires d'un ancien Page ;* contenant des anecdotes secrètes sur Louis XV et quelques-uns de ses ministres, sur les femmes, les mœurs, etc., etc.; suivis de notes historiques, critiques, littéraires; écrits en 1788, par ****. 2 vol. in-8°, sur pap. superfin, caractères neufs,   10 f.

FAUNE PARISIENNE, ou histoire abrégée des Insectes,

_____

(1) Cette Carte, qui n'a point encore paru, sera aussi donnée aux personnes qui prendront les trois derniers volumes, pour compléter les anciennes édit. d'Homère.

d'après la méthode de Fabricius, contenant la description
d'un grand nombre d'espèces et de genres nouveaux; précédée
d'un discours renfermant un abrégé d'Entomologie; par C.
A. WALCKENAER. Deux gros vol. in-8.° planches, 12 f.

LETTRES ATHENIENNES, ou Correspondance d'un agent
du roi de Perse, à Athènes, pendant la guerre du Peloponèse;
traduites de l'anglais par A. L. *Villeterque* ; nouv. édit., 4 v.
in 12, ornés de douze belle portraits et d'une belle carte de la
Grèce, grav. par *Tardieu*, revue par M. *Buache* ,   12 f.
Il reste quelques exemplaires de l'édition in-8.° 3 v.   18
— *Idem* , papier vélin superfin d'Annonay,   36

VOYAGE AU CAP DE BONNE-ESPERANCE, contenant
l'histoire de cette colonie, depuis sa fondation jusqu'en 1795 ,
la description géographique et celle de toutes les productions
du pays, etc , etc.; par *Robert Percival* ; trad. de l'angl. par
P. F. Henry. 1 vol. in-8.°, pap. fin,   5 f.
Idem , pap. vélin d'Annonay,   10

VOYAGE *à l'île de Ceylan* , fait dans les années 1797 à 1800,
contenant l'histoire, la géographie et la description des mœurs
des habitans , ainsi que celle des productions naturelles du
pays; par *Robert Percival* ; suivi de la Relation d'une am-
bassade envoyée en 1800, au roi de Candy. Trad. de l'anglais
par *P. F. Henry*. Deux vol. in-8.° ornés de cartes ,   10 f.
Idem , pap. vél.   20

VOYAGES *de Frédéric Hornemann* , *dans l'Afrique septentrionale* ; suivi d'Eclaircissemens sur la géographie de l'A-
frique , par le major Bennell. Traduit de l'anglais . par ★★★ ,
et augmenté de notes et d'un *Mémoire* sur les Oasis, par
L. Langlès. Deux vol. in-8.° ornés de cartes gravées par
B. Tardieu , sous la direction de M. Buache,   9 f.
Idem , pap. vélin d'Annonay,   18

VOYAGE EN HONGRIE, précédé d'une description de la
ville de Vienne et des jardins impériaux de Schœnbrun ,
publié à Londres en 1797, par *Robert Townson* ; traduit de
l'angl. par *Cantwel*. Trois vol. in-8.°, ornés de la carte générale
de la Hongrie, et de 18 planches gravées en taille-douce, 15 f.
Idem , papier vélin ,   30

VOYAGE *aux Indes orientales et à la chine* , fait par ordre
de Louis XVI, dans lequel on traite des mœurs, de la
religion , des sciences et des arts des Indiens, des Chinois;
des Pégouins et des Madégasses, etc. Par SONNERAT ,
édition publiée d'après le manuscrit autographe de l'auteur ; augmentée d'un précis historique sur l'Inde, depuis
1778 jusqu'à nos jours , de notes et de plusieurs mémoires
inédits , par M. *Sonnini*. Quatre vol. in-8.° et atlas de 140
planches, représentant les mœurs et usages des Indiens ,
leurs divinités , une grande quantité d'oiseaux , fleurs,
fruits , etc.,   60 fr.
Le même , pap. vélin d'Annonay,   120
Le même ouvrage, format in-4.° pap. superfin d'Angoulême ,
avec les planches en regard du texte,   90
Il en a été tiré un très-petit nombre , papier superfin vélin,
in-4.°, toutes les planches coloriées ,   300

MÉLANGES DE LITTERATURE; par J. B. A. *Suard*, secrétaire perpétuel de la classe de la langue et de la littérature françaises de l'Institut; 5 v. in-8.°, sur carré fin, 2.ᵉ édit. 21 f.
Idem papier vélin d'Annonay, 42
Les tomes IV et V, 9 f. Pap. vél. 18
RECHERCHES sur plusieurs monumens celtiques et romains, principalement sur les peuples Cambiovicenses de la carte Théodosienne , dite de *Peutinger* ; etc. etc., par M. BARAILON , correspondant de l'Institut de France, etc. Un vol. in-8.° , 6 fr.
ŒUVRES *complettes de Vauvenargues,* nouvelle édition, augmentée de plusieurs ouvrages *inédits* , et de notes critiques et grammaticales , précédées d'une notice sur la vie et les écrits de Vauvenargues, par M. SUARD ; 2 vol. in-8.° , sur papier fin d'Angoulême , 10 fr.
Pap. vélin d'Annonay , 20
Lettres choisies de Voiture et Balzac ; suivies des Lettres choisies de Montreuil , Pélisson et Boursault , précédées d'un discours préliminaire et d'une notice historique sur ces écrivains ; 2 gros volumes in-12 , sur pap. carré fin d'Auvergne , 6 f.
Papier vélin d'Annonay , 12
NOUVEAU VOYAGE *dans la haute et basse Egypte , en Syrie, et dans le Darfour,* contrée où aucun Européen n'avait encore pénétré, etc. ; fait depuis 1792 jusqu'en 1793 , par G. W. Browne ; traduit de l'anglais sur la seconde édition , par *J. Castéra.* Deux vol. in-8.° ornés de cartes , vues , plans , etc. Prix: pap. ord. 12 f. — Pap. fin , 17 f. — Pap. vélin , 24 f.
HÉLIOGABALE , ou esquisse morale de la dissolution romaine sous les Empereurs , 1 gros vol. in-8.° orné d'une belle gravure dessinée par *Guérin* , 6 f. *id.* vélin , 12 f.
VOYAGE DE LA TROADE , fait dans les années 1786 et 1787 , par J. B. Lechevalier ; troisième édition , considérablement augmentée. Trois vol. in-8.° , ornés d'un Atlas de 37 planches gravées par les premiers artistes , 25 f.
Papier grand-raisin , belles épreuves , 35
Pap. double, façon Hollande , 1.ʳᵉˢ épreuves, cartonnés, 40
Papier grand-raisin double superfin vélin, fig. avant la lettre, cartonnés à la *Bradel* , 66
VOYAGE *de la* Propontide *et du* Pont-Euxin , avec la carte générale de ces deux mers , etc. etc ; par le même. Deux vol. in-8° 9 f. Pap. vél. 15 f. *Idem* , avec les cartes enlum. 21 f.
VOYAGES *d'Alexandre Mackenzie,* dans l'intérieur de l'Amérique septentrionale , faits en 1789, 1793 et 1798 , à la mer Glaciale et à l'Océan Pacifique ; avec un Tableau du commerce des pelleteries dans le Canada ; traduits de l'anglais par J. CASTÉRA, avec des notes du vice-amiral Bougainville. Trois forts vol. in-8.ᵃ ornés de cartes et portraits , revues par M. *Buache* , 16 f. *Idem* , papier vélin d'Annonay , 32 f.
—Le même ouvrage, en *anglais*, 2 v. in-8.° cartes et portrait, 16
DES DIVINITÉS GÉNÉRATRICES , ou *du culte du* Phallus *chez les anciens et les modernes* , etc. , par Dulaure ; 1 vol. in-8°, pap. fin , 5 f. *Idem* , papier vélin , 10 f.

VOYAGE *à la côte occidentale d'Afrique*, fait dans les années
1786 et 1787 ; contenant la description du Congo ; suivi d'un
voyage au cap de Bonne-Espérance , par *L. Degrandpré.*
Deux vol. in-8.º ornés de 11 superbes figures , cartes , et du
plan du cap de Bonne-Espérance ,   12 f.
Pap. vélin , fig. avant la lettre, et les grav. en atlas in-4.º   24

VOYAGE *dans la partie méridionale de l'Afrique*, fait en 1797
et 1798, par *John Barrow*, contenant des observations sur la
géologie , l'histoire naturelle de ce continent, etc ; traduit de
l'angl. par le même , avec des notes. Deux vol. in-8.º ornés
d'une très-belle carte d'Afrique , 10 f.   Pap. vélin , 20 f.

2ᵉ VOYAGE , *du même* , en AFRIQUE ; 2 vol. in-8.º ornés
de 8 belles cartes , 12 f.   Pap vélin ,   24 f.

OBSERVATIONS sur le voyage de BARROW à la Chine,
en 1794; imprimé à Londres en mai 1804 ; lues à l'Institut par
M *Deguignes* , résidant de France à la Chine ,   1 fr. 50 c.

VOYAGES *Phsiques et Lythologiques dans la Campanie ;*
suivis d'un Mémoire sur la Constitution physique de Rome ,
etc. etc.; par *Scipion Breislak :* traduits par le général *Pomme-*
reuil. Deux vol. in-8 º ornés de 6 belles cartes enluminées , 12 f.
Il a été tiré quelques exemplaires sur papier vélin ,   24

VOYAGE *en Hanovre* , fait en 1803 et 1804; 1 gros vol.
in-8º , 5 f. 50 c.   —*Idem* , pap. vélin , 11 f.

THEMES ANGLAIS , ou théorie pratique de la langue anglaise , ouvrage propre à faire marcher la théorie de front
avec la pratique ; par Martinet; 1 vol. in-8   3 fr.

DICTIONNAIRE géographique , par Vosgien, nouvelle
édition augmentée de 600 articles, jusqu'au traité de Vienne ;
1809,   7 fr. 50 c.

HISTOIRE de Schinderhannes et autres brigands , dits *garrot-*
teurs ou chauffeurs , etc.; 2 vol. in-12 , fig.   5 fr.

VIE *polémique de Voltaire* , et histoire de ses proscriptions ;
suivie des pièces justificatives , par G *** Y ; 1 vol. in-8.º , 4 f.
— *Idem* , papier vélin ,   8

SOIRÉES DE FERNEY , ou Confidences de Voltaire , recueillies par un ami de ce grand homme , et publiées par
D***X. 1 vol. in-8.º 4 f.   *Idem* , papier vélin , 8 f.

DE L'IMPOSSIBILITÉ *du Systême astronomique de Copernic*
et de Newton , avec cette épigraphe : *L'algèbre est le précipité*
de la pensée humaine ; la vérité n'est point dans des amplifi-
cations de trigonométrie : mendaces filii hominum in stateris.
Par L. S. Mercier, membre de l'Institut de France. Un vol.
in-8 º, pap fin d'Auvergne ,   4 f 50 c.

VOYAGE PHILOSOPHIQUE *à Margate* , ou Esquisses de
la nature ; trad. de l'angl. de *G. Kaëte.* 1 v. in-8.º, fig.   4 f.

ESSAIS DE POESIES , par *Fonvielle* aîné, de Toulouse ,
2 vol. in-18 , sur grand-raisin ,   3 f.

MÉMOIRES *de Marie-Françoise Dumesnil*, célèbre actrice
du Théâtre-Français , en réponse aux Mémoires d'Hypolite
Clairon ; 1 vol. in-8.º , orné du port. de *M. F. Dumesnil*, 4 f.

ROUTE DE L'INDE , ou Description géographique de l'E-
gypte, la Syrie, l'Arabie, la Perse et l'Inde; par *P. F. Henry*,
1 vol. in-8.º, avec une carte géographique ,   5 f.

HISTOIRE SECRETE *de la Révolution française*, depuis la convocation des Notables jusques et compris la bataille de Marengo, le congrès d'Amiens et le traité de paix définitif ; par François Pagès. 7 vol. in-8.º   42 f.

CODE *des Eaux et Forêts*, extrait d'une analyse critique de l'ordonnance de 1669, etc. ; par *Forestier*,   1 f.

Réflexions sur les Forêts de la République, par Hébert,   50 c.

Précis des Opérations de l'armée d'Italie, depuis le 21 ventose, jusqu'au 7 floréal an 7, par le général *Schérer*, in-8.º   75 c.

Comptes rendus au Directoire exécutif, par le même, pour l'an 6 et les 5 premiers mois de l'an 7. in-8.º, avec tableaux, 1 f. 50 c.

DES CAUSES *des Révolutions et de leurs effets*, ou Considérations historiques et politiques sur les Mœurs qui préparent, accompagnent et suivent les Révolutions ; par *J. Blanc de Volx*. 2 vol. in-8.º, 9 f.   Papier vélin, 18 f.

COUP-D'ŒIL *politique sur l'Europe, à la fin du dix-huitième siècle ;* par le même, 2 vol. in-8.º   9 f.

L'HOMME ET LA SOCIETÉ, ou nouvelle théorie de la nature humaine et de l'état social, par Salaville, 1 v. in-8. 4 f.

La Vérité sur l'Insurrection du département de la Haute-Garonne, avec des notes justificatives ; in-8.º   75 c.

ETAT *de situation des finances de l'Angleterre et de la banque de Londres*, au 24 juin 1802 ; par *de Guer*, in-4.º 1 f. 50 c.

ABREGE *de l'Histoire d'Angleterre*, depuis l'invasion de Jules-César, jusqu'au règne de George III ; traduit de l'anglais de *Goldsmith*, auteur du *Ministre de Wakefield*, etc., continué jusqu'aux derniers événemens de 1811 ; deuxième édition française, ornée de 36 portraits gravés en taille douce, et d'une carte géographique, 2 gros vol. in-12, pap. fin, 5 fr.

Le même, papier vélin,   10 fr.

Marie et Caroline, ou Entretiens d'une institutrice avec ses élèves, propres à leur former le cœur et l'esprit ; traduit de l'angl. de *M. V. Godwin*. 1 v. in-12, orné de 5 grav   2 f.

Géographie élémentaire de la France, suivant sa nouvelle division, et sous ses rapports de population ; à l'usage des écoles, par *Philipon-la-Magdeleine* ; 1 vol. in-12,   2 f.

Voyage Sentimental en Suisse, par *C. Hwass*, fils, 1 v. in-18, orné d'une jolie gravure, 1 f. — Le même, in-12, 1 f. 50 c.

Tarifs contenant les Comptes faits de tout ce qui concerne les nouveaux Poids, et particulièrement le kilogramme, destinés à remplacer la Livre (poids de marc),   1 f.

Constitution de la République Française, de l'an 8, précédée du discours de Bouley (de la Meurthe). in-18, jolie édit.   60 c.

Voyage de découvertes dans la partie septentrionale de l'Océan pacifique, fait par le capitaine W. R. BROUGHTON, 2 vol. in-8, ornés de cartes et vues,   10 f.

Le même, pap. vélin superfin,   20 f.

Joseph, poëme en IX Livres, par P. J. BITAUBÉ, 10e édition ; 1 vol. petit in-12, orné d'une jolie gravure,   2 f.

Le même, avec 9 jolies gravures,   3 f.

Lettres inédites de Mirabeau, faisant suite aux lettres écrites du donjon de Vincennes, depuis 1777 jusqu'à 1780 inclusivement ; publiées par feu J. F. VITRY,   6 f.

Vie de Samuel Richardson, avec l'examen critique de ses ouvrages et des événemens qui ont influés sur son génie ; par madame BARBAUT ; traduit de l'anglais par *J. J. Leuliette*, 1 vol. in-8,   4 fr.

Lettres sur la Silésie, écrites en 1800 et 1801, durant le cours d'un voyage fait dans cette province ; par J Quincy Adams, ministre plénipotentiaire des Etats-Unis et du Congrès. Traduit de l'anglais, par *J. Dupuy*; 1 vol. in-8, orné d'une carte, dressée par *P. Lapie*,   6 f.

Œuvres complètes d'Etienne Falconet, adjoint à recteur de la ci-devant Académie de Peinture de Paris, honoraire de celle de St-Pétersbourg, etc. **Troisième** édition, revue, corrigée par l'auteur, et ornée de son portrait, 3 gros vol in-8, 15 f.

Géographie physique de la Mer noire, de l'intérieur de l'Afrique et de la Méditerranée, par *A. Dureau-de-Lamalle*, fils ; accompagnée de deux cartes colorées, dressées par *J. N. Buache*. Un gros vol. in-8,   6 f.

Tableau historique et politique du commerce des Pelleteries dans le Canada, depuis 1608 jusqu'à nos jours ; par *Alexandre Mackenzie*, traduit de l'anglais par *J. Castéra*. Un vol. in-8, orné du portrait de l'auteur,   4 f.

Voyage en Portugal, fait depuis 1797 jusqu'en 1800, par M. LINK ; 3 vol. in-8, carte,   15 f.

Papier vélin, carte sur papier d'Hollande,   30 f.

Le Voyage *de Hoffmansegg*, formant le 3e volume, se vend séparément,   5 f.

Almanach des Prosateurs, pour 1807 et 1808, ou Recueil de pièces fugitives en prose ; 2 vol. petit in-12,   4 f.

Répertoire du Théâtre français, 23 vol. in-8, 76 fig.   150 f.

Papier vélin, gravures avant la lettre,   300 f.

Voyage au Sénégal, fait dans les années 1785 et 1786, par *Durand*; 2 gros volumes in-8, atlas in-4, cartonné, de 44 planches ou cartes,   27 f.

Le même ouvrage, format in-4,   30 f.

Il y a quelques exempl. in-8, papier vélin, et atlas in-4, 54 f.

Voyage à l'ouest des mots Alléghanys, dans les Etats de l'Ohio, du Kentucki et du Tennessée, et retour à Charles ou par les Hautes-Carolines ; par F. A. MICHAUX, M. D., 1 vol. sn-8, carte,   6 f.

Le guide des Mères, ou manière d'allaiter, d'élever, d'habiller les enfans, de diriger leur éducation morale, et de les traiter de la petite vérole, par *Hugh Smith*, 1 vol. in-12, 1 f. 50 c.

Histoire des Wahabis, vulgairement connus sous le nom de *Wékabites*, 1 vol. in-8   3 f. 60 c.

Dictionnaire portatif des mécaniques, ou définition, description abrégée et usage des machines, instrumens et outils employés dans les sciences, les arts et les métiers ; par L. Cotte, seconde édition.   Broché, 3 f. 50 c. Relié, 4 f. 25 c.

Art (l') de composer facilement, et à peu de frais, les liqueurs de table, les eaux de senteurs, et autres objets d'économie domestique, par Bouillon-Lagrange ; 1 vol. in-8.   7 f.

Histoire des expéditions d'Alexandre, par P. Chaussard ; 3 vol. in-8, et 1 vol in-4 de 13 planches,   36 f.

Art (l') *du parfumeur*, ou traité complet de la préparation des parfums, pommades, pastilles, odeurs, huiles antiques, essences, etc ; 1 vol. in-8, papier fin,　6 f.

Introduction à l'étude de la botanique ; par Philibert ; 3 vol. in-8, ornés de dix planches,　18 f.

Le même, avec les figures coloriées d'après nature,　21 f.

Le même, grand-raisin double, figures coloriées,　42 f.

Nouvelle chimie du goût et de l'odorat, ou l'art de composer les liqueurs à boire et les eaux de senteurs ; 2 v. in-8, fig. 12 f.

École (l') *du jardin potager*, etc., par De Combles, 5e édition ; suivie du Traité de la culture des pêchers, du même auteur, et à laquelle on a joint la manière de semer en toutes saisons; 2 gros volumes in-12,　5 f. 50 c.

Agriculture-pratique des différentes parties de l'Angleterre, par Marshal, 5vol. in-8, ornés d'un atlas de 12 planches, et 10 tableaux donnant les noms des plantes dans les trois langues française, latine et anglaise,　36 f.

Tableau historique, politique et moderne de l'empire Ottoman; traduit de l'anglais, de Williams Eton; seconde édition; 2 v. in-8,　9 f.

Naturaliste du second âge, avec les descriptions de ceux des animaux qui présentent le plus d'intérêt et d'utilité au second âge, par J. B. Pujoulx; 1 vol. in-8,　4 f.

Le même, figures coloriées,　7 f.

Histoire naturelle, générale et particulière, etc., par Buffon; 54 vol. in-12, ornés de figures coloriées,　240 f.

Voyage en Sicile et à Malthe, par Bridoyne ; 2 volumes in-12, carte,　5 f.

Voyage dans l'empire de Maroc et le royaume de Fez, en 1790 et 1791, par Lamprière; 1 vol. in-8, cartes et figures,　5 f.

Discours qui a eu la mention honorable sur cette question proposée par l'Institut de France : *Quelle a été l'influence de la réformation de Luther, sur les lumières et la situation politique des différens états de l'Europe ?* Par Leuliette; 2e édition ; 1 volume in-8,　2 f. 50 f.

Essai historique sur cette question proposée par l'Institut de France : *Quelle a été l'influence de la réformation de Luther*, sur la situation politique des différens états de l'Europe, et sur les progrès des lumières, par Ponce; 2e édition, in-8,　2 f.

　　Nota. Il reste très-peu d'exemplaires de ces deux ouvrages.

Voyage dans l'Inde, au travers du grand désert, par Alep, Antioche et Bassora, exécuté par le major Taylor, etc., traduit de l'anglais par L. Degrandpré; 2 vol. in-8, avec carte, 2e édition,　10 f.

Voyage sentimental, ou les souvenirs d'un jeune exilé; 2 vol. in-18, gravures et musique,　2 f.

Bibliothéque pastorale, ou cours de littérature champêtre; 4 vol. in-12, gravures,　10 f.

Description historique et géographique de l'Indostan, par J. Rennell, 3 vol. in-8, atlas in-4 de 11 cartes,　21 f.

Idem, papier vélin grand-raisin,　42 f.

　　Nota. La grande carte de l'Inde, en 4 feuilles colombier, se vend séparément,　12 f.

Histoire civile et commerciale des Indes occidentales, depuis leur découverte par Christophe Colomb jusqu'à nos jours; par Bryan Edwars; seconde édition, augmentée de l'Histoire de Saint-Domingue, depuis l'expédition des Français dans cette colonie, jusqu'à la mort du général Leclerc; 1 volume in-8, carte,   6 f.

Les amours épiques, poëme en six chants, contenant la traduction des épisodes sur l'amour, composés par les meilleurs poètes épiques; par F. A. Parseval Grandmaison, membre de l'Institut de France; 2e édition, entièrement refondue, précédée d'un discours préliminaire; augmentée de deux mille vers, et suivis de plusieurs morceaux traduits d'Homère, de Milton et de l'Arioste; 1 vol. in-8, sur papier fin d'Angoulême, caractère petit-romain neuf, orné d'un portrait gravé,   5 f.

Papier vélin d'Annonay,   10 f.

Des cultes qui ont précédé et amené l'idolâtrie ou l'adoration des figures humaines, etc., par J. A. Dulaure; 1 vol. in-8,   5 f.

Œuvres de Fenouillot de Falbaire, contenant l'Honnête criminel, le Premier navigateur, les Deux avares, le Fabricant de Londres, l'Ecole des mœurs, les Jammabos ou les moines japonais; édition ornée de 14 gravures et du portrait de l'auteur; 2 vol. in-8,   10 f.

Œuvres complètes de Gresset; nouvelle édition, augmentée de pièces *inédites* qui ne se trouvent pas dans les précédentes: 3 volumes in-18,   6 f.

Les mêmes, papier vélin d'Annonay, gravures,   12 f.

Papier grand raisin vélin superfin satiné, figures, 3 volumes in-12,   18 f.

Essais de Morale et de Politique de Bacon, 2 vol. in-18,   2 f.

Papier vélin,   4 f.

Les Deux Bossus, ou le Bal du Diable, par *Charlemagne*, 60 c.

Le Monde Incroyable, par le même,   40 c.

Epitre à l'auteur de la Petite Ville, par le même, in-8.°, 75 c.

Mémoires de Gibbon, pour servir de complément à l'histoire de la décadence de l'Empire romain, par le même auteur, 2 gros vol. in-8,   10 f.

Recherches sur la science du gouvernement, traduit de l'italien de Gorani, 2 vol. in-8.   9 f.

Philosophie du bonheur, par Delille de Sales, 2 v. in-8, pap. vélin, ornés de belles gravures,   20 f.

Médecine du Voyageur, par Duplanil, traducteur de la médecine domestique, 3 vol. in-8,   10 f.

Ecole de la Miniature, ou l'art d'apprendre à peindre sans maître, 1 vol. in-12,   2 f 50 c.

L'Epouse rare, ou le modèle de douceur, de patience et de constance, 1 vol. in-12,   1 f. 50 c.

RODOLPHE *de Werdemberg*, par A. Lafontaine, in-12, 2 f.

NOUVELLE (la) ARCADIE, par le même; 4 v. in-12, 8

BARNECK ET SALDORF, ou le triomphe de l'amitié, par le même; 3 vol. in-12,   6 fr.

ALINE DE RIESENSTEIN, par le même; 4 v. in-12, 8 fr.
LES SOIREES BRETONNES, ou la famille de Keralbon ;
3 vol. in-12 fig. 6 fr.
ALBERT ET ERNESTINE, ou le pouvoir de la maternité,
2 vol. in-12, 4 fr.
MONASTERE (le) de Saint-Columba, ou le chevalier des
Armes rouges; 3 vol. in-12, 5 fr.
ROSE et Albert, ou le tombeau d'Emma, par madame
Keralio-Robert; 3 vol. in-12, 5 fr.
TOMBEAU (le) mystérieux, ou les familles de Hénarès et
d'Almanza; 2 vol. in-12, 4 fr.
FLEETWOOD, par W. Godwin; 3 vol. in-12, traduit de
l'anglais, par M. Villeterque, 6 f.
ELMONDE, ou la Fille de l'Hospice, par Ducray-Duminil.
5 vol. in-12, ornés de jolies gravures, 10 f.
JULES, ou le Toit paternel, par le même ; 4 vol. in-12 ornés
de jolies gravures, 8 f.
LE PETIT CARRILLONNEUR, par le même; 4 vol. in-12,
figures, 8 fr.
LE BRIGAND DE VENISE; par Lewis, auteur du Moine ;
1 vol. in-12, 2 f.
LES ORPHELINES de Werdenberg, par le même, 4 v. 8 f.
LUCIE OSMOND, ou le danger des Romans, 1 v. fig. 2
HISTOIRES, Nouvelles et Contes moraux, par M. de Seve-
linges, traducteur de Werther, 2 f. 50 c.
MALEDICTION (la) ou l'Ombre de mon père, par mistriss
Bennet; 5 vol. in-12, 10 f.
HENRY SAINT-LEGER, ou les caprices de la fortune;
3 vol. in-12, 5 f.
LE JOUR DE NOCES, 3 vol. in-12, 5 f.
CONSTANCE DE LINDENSDORFF, ou la tour de Wol-
fenstadt, 4 vol. in-12, 8 f.
SAVINIA RIVERS, ou le danger d'aimer, 5 vol. in-12, 9 f.
LA FORET DE HOHENELBE, ou Albert de Weltzlar,
5 vol. in-12, 9 f.
CONTEUR (le) DE SOCIETE, ou les trésors de la mémoire;
2 vol in-12, 4 fr.
ALIDE ET CLORIDAN, 2 vol. in-12, fig. 4 f.
CHARLES DE FLEVAL, 2 vol. in-12, 3 f.
ARMAND ET ANGÉLA, ou le Danger du Mystère, roman
original ; par Mlle. D. DE C... 4 vol. in-12, fig. 8 fr.
NARCISSE ou le Château d'Arabit, par le même, 3 v. fig. 5 f.
MAURICE, ou la maison de Nantes, roman, par J*** D** ;
3 vol. in-12, 5 f.
JULIE DE SAINT-OLMONT, ou les premières illusions de
l'amour, roman français, par Madame ****; 3 vol. in-12, 6 f.
AMELIE de Tréville, par la même; 3 vol. in-12, 5
RELIGIEUSE (la) ET SA FILLE, 2 vol. in-12, 4 f.
SOEUR (la) DE LA MISERICORDE, 4 v. in-12, 8 f.
L'INCONNU, ou la Galerie mystérieuse, 5 v. in-12, fig. 10 f.
L'Abbaye de Lusshington, traduit de l'anglais de Me. Rou-
vière, 3 vol. in-12. (Très-joli roman.) 6 f.
Adelina Mowbray, par l'auteur du Père et la Fille,
3 vol. in-12, 6 f.

Toni et Cloirette, par M. *de la Dixmerie*, 4 v. in-18, fig.   4 f.

Le Pélerin de la Croix ; par ELISABETH HELME , traduit
de l'anglais ; 3 vol. in-12 ,   6 f.

Léonora , par mistriss EDJEWORTH , traduit de l'anglais ,
3 vol. in-12 ,   6 f.

CONSTANTINE , ou le danger des préventions maternelles ,
par M. L. J. A. 3 gros vol. in-12 , fig.   6 f.

LADOUSKI ET FLORISKA , ou les Mines de Cracovie ,
roman polonais, par L*** 4 vol. in-12,   8 f.

LA FILLE DU HAMEAU , par l'auteur des Enfans de l'Abbaye nouv. édit. 4 v. in-18, fig.   4 f,

HILAIRE ET BERTHILLE , ou la Machine infernale de la
rue Saint-Nicaise , 1 vol. in-12 , fig.   2 f.

Les Erreurs de la Vie, ou les grandes passions sont la source
des grands malheurs , 2 vol. in-12 , fig.   3 f.

Léontine , ou la Grotte allemande , faits historiques qui se sont
passés en Allemagne , 2 vol. in-12 , fig.   3 f.

Sara , ou le danger des passions, histoire américaine , par
M. d'**, 1 vol. in 12 , caractère cicéro neuf , papier fin , 2 f.

Floricour, ou l'homme à la mode , par N. C. Fortune , 2 vol.
in-12 ,   4 f.

LIVRES D'ASSORTIMENT.

Ami (l') de la santé, pour tous les sexes et tous les âges,
renfermant les moyens de conserver la santé et de prévenir les maladies , etc , par Perrier; 1 vol. in-8 ,   5 f.

Bonheur (le), poëme, par Helvétius; 1 vol., portr.,   2 f.

Chansonnier français , ou Recueil des meilleurs chansons
connues ; 6 volumes, et 1 vol. de musique,   14 f.

Chefs-d'œuvre de Colardeau, 2 volumes in-18 , pap. fin ,
portrait ,   2 f. 50 c.

Coin (le) du feu de la bonne maman , dédié à ses petits enfans ,
ou recueil de petits proverbes , contes et historiettes ; 2 vol.
in-18 sur papier véliné, avec 12 figures,   2 f. 50 c.

Confessions de J.-J. Rousseau , 10 gros volumes, papier
fin ,   20 f.

Contes moraux, par madame Le Prince de Beaumont; 2 vol.
in-12,   3 f.

Contes moraux, par Marmontel; nouvelle édition, augmentée
des nouveaux contes moraux trouvés dans les papiers de l'auteur ; 6 volumes in-18 , figures ,   8 f.

Contes et Nouvelles de La Fontaine, 2 volumes in-8 avec
80 figures ,   6 f.

Création (la), poëme , par Vernes, suivie des poésies du
même; 2 volumes , figures,   4 f.

Dictionnaire de la langue française, par Gattel ; 2 v. in-8 , 18 f.

Dictionnaire de l'élocution française, contenant les principes
de grammaire , logique , versification , syntaxe, etc. ; nouvelle édition, revue par l'abbé Fontenai; 2 vol. in-8 ,   12 f.

Dictionnaire élémentaire de botanique, par Bulliard, orné
de 20 planches; 1 vol in-8 ,   7 f.

Dictionnaire portatif des beaux-arts , 1 gros vol. relié,   5 f.

Dunciade (la), par Palissot, 1 vol., portrait, 2 f.

Ecritures (les) française et anglaise dans leur perfection, d'après les exemples des grands maîtres des deux nations, recueillies et gravées par P. Picquet; 1 vol. in-4, 6 f.

Education (de l') des filles, par Fénélon; 1 vol. in-18, orné du portrait de Fénélon, 1 f. 50 c.

Elémens de physique expérimentale, par Pierre Jacotot; 1 vol. in-8 avec atlas, 2e édition, 15 f.

Eloge des académiciens, par Fontenelle; 4 vol., portr. 8 f.

Exposition de la théorie de l'organisation végétale, par Brisseau-Mirbel, 1 vol. in-8, figures, 6 f.

Flèches (les) d'Apollon, ou recueil d'épigrammes anciennes et modernes; 2 volumes, 4 f.

Fond (le) du Sac, contenant Roger - Bontemps et autres contes; 2 volumes, figures, 4 f.

Géographie élémentaire à l'usage des deux sexes, par Hassenfratz, dernière édition, 1 vol. in-12 relié, 3 f. 75 c.

Géorgiques (les) d'Hésiode et de Virgile, traduites du grec et du latin en vers français, par le Franc-de-Pompignan, 1 vol. in-12, figures, 1 f. 50 c.

Gérard de Nevers, par Tressan; 1 vol. petit in-8, orné de 4 jolies gravures, 3 f.
Le même, papier vélin, 5 f.

Grammaire espagnole (abrégée), par Ramirez, professeur de la langue espagnole; 1 vol. in-8, 2 f.

Grammaire générale et raisonnée de Port-Royal, par Arnauld et Lancelot, publiée par M. Petitot, 1 vol. in-8, 6 f.

Guide (le) de l'histoire, à l'usage de la jeunesse et des personnes qui veulent la lire avec fruit ou l'écrire avec succès, par Née de la Rochelle, 3 vol. in-8, 15 f.

Histoire d'Espagne, depuis la découverte qui en a été faite par les Phéniciens jusqu'à la mort de Charles III, par Briand, 4 vol. in-8, 20 f.

Histoire élémentaire, philosophique et politique de l'ancienne Grèce, par Foulon, 2 vol. in-8, cartes, 8 f.

Histoire du vieux et du nouveau Testament, avec des explications édifiantes, par Royaumont; 1 vol. in-12, 2 f. 50 c.

Historiettes et conversations à l'usage des enfans; par Berquin; 6 vol. in-18, 6 f.

Histoire d'Henri IV, par Bury; 4 volumes in-12, avec portraits, 10 f.

Histoire de Duguesclin, connétable de France, par Guyard de Berville; 2 vol. in-12, 5 f.

Histoire du chevalier Bayard, dit sans peur et sans reproches, par Guyard de Berville; 1 volume in-12 orné d'un portrait, 2 f. 50 c.

Histoire du petit Jéhan Saintré et de la Dame des belles Cousines, 1 vol. petit in-8, figures, 5 f.
Le même, papier vélin, 4 f.
Le même, 1 vol. in-18, figures, 1 f.

Histoire d'Angleterre de Hume, 18 vol. in-12, ornés de 26 portraits, de 4 cartes géographiques tirées du bel atlas de Lesage, et d'une notice sur les historiens anglais, 56 fr.

Histoire naturelle du genre humain , 2 vol. in-8 , 14 pl.   12 f.

Histoire des premiers temps de la Grèce, depuis Inachus jusqu'à la chûte des Pisistratides, par M. Clavier; 2 vol. in-8°,   10 fr.

Hymne au Soleil , par Reyrac; jolie édition , format petit in-8°, papier fin ,   2 fr.

Idylles et romances de Berquin, 1 vol. petit in-8, fig. 1 f. 50 c.

Introduction familière à la connaissance de la nature, par Berquin ; 2 vol. in-18 , figures ,   2 f.

Lectures pour les enfans , ou choix de petits contes également propres à les amuser et à leur donner le goût de la vertu ; 5 vol. in-18 ,   5 f.

Livre (le) de famille , ou lectures récréatives propres à l'instruction et à la bonne éducation des enfans , recueillies de Berquin et autres écrivains , 4 vol. in-18 , 26 grav. 6 f.

Leçons de belles-lettres pour servir de supplément au Cours de belles - lettres de l'abbé Lebatteux , par M. Mermet, 3 volumes in-12,   6 f.

Lettres choisies de madame de Sévigné, en français et en anglais, le texte et la traduction en regard ; 2 gros vol. in-12 ,   5 f.

Lettres politiques, commerciales et littéraires sur l'Inde, par Taylor, 1 vol. in-8 ,   5 f.

Morale (la) de Confucius, philosophe de la Chine, 1 vol. in-18 , papier fin , orné d'un portrait,   2 f.

Morale des patriarches et des prophètes , tirée des Livres de l'ancien Testament, 2 vol. in-18, figures,   4 f.

Moraliste (le) de la Jeunesse; pensées, maximes les plus propres à former le cœur et l'esprit, tirées des meilleurs écrivains français, par Girot; 2 vol. in-18,   3 fr.

Nuits d'Young , traduites de l'anglais , par Letourneur, 2 gros vol. in-12 ornés de gravures,   5 f.

Orlando furioso, 4 vol. in-8, grand pap., avec une belle gravure à chaque chant,   64 f.

Le même , 4 vol. in-4, grand papier,   100 f.

Œuvres de l'abbé Coupé, 4 vol. in-18 , contenant : Les hymnes d'Homère , ses fragmens, la batrachomiomachie , ou le combat des rats et des grenouilles , et d'une notice sur les plus illustres savans de l'antiquité qui ont éclairé les poëmes d'Homère; 2 volumes ornés d'un beau portrait de ce poëte; Œuvres d'Hésiode, contenant les œuvres et les jours, le bouclier d'Hercule , etc., et une notice sur sa vie, 1 volume; Sentences de Théognis et le poëme moral de Proclyde, 1 volume,   5 f.

Œuvres complètes de Boileau Despréaux, ornées de 8 jolies vignettes et du portrait de l'auteur; 3 gros vol. in-18 , papier fin,   6 f.

Œuvres choisies, du même; édition classique, 1 gros vol. orné de 8 gravures,   3 f.

Œuvres de Berenger, contenant ses fables et poésies, 2 v. 4 f.

Œuvres choisies de Lafontaine, 1 vol.   2 f.

Œuvres de Reynier, 2 vol. , portrait,   4 f.

Œuvres de J.-J. Rousseau , 37 vol. , très-jolie édition , 72 f.

Œuvres de Vergier, 3 volumes, portrait,   6 f.

Œuvres dramatiques de Crébillon, précédées d'un essai sur
sa vie ; 1 vol. in-4, papier vélin,   8 f.

Œuvres dramatiques de J. Racine, précédées d'un essai sur
sa vie ; 1 vol. in-4,   4 f.

Œuvres complètes de Florian ; nouvelle édition augmentée
de la vie de l'auteur, de Guillaume Tell, Eliezer, et
autres ouvrages inédits, 6rnées de magnifiques estampes,
8 volumes in-8, papier fin,   60 f.

Œuvres de Virgile, avec le texte vis-à-vis la traduction,
par Desfontaines, 4 vol. in-8, belles gravures,   36 f.

Pensées de Pascal, 2 volumes, portrait,   4 f.

Petit (le) Grandisson, par Berquin ; 5 vol. in-18,   5 f.

Poésies de Lafare, 1 volume, figures,   2 f.

Principes de traduction, considérés comme moyen d'apprendre une langue et de se former le goût ; par Gour-
din, 1 volume in-12,   2 f.

Principes de la philosophie du botaniste, ou dictionnaire-
interprète et raisonné des principaux principes et des termes
de la botanique, la médecine, la physique, etc., par
Jolyclerc ; 1 vol. in-8,   7 f.

Quintilien, de l'Institution de l'orateur, traduit par l'abbé
Gédoyn, 4e édition, revue par M. Capperonnier, 4 vol.
in-12,   15 f.

Religion (la), poëme, par Racine, 2 vol., portrait,   4 f.

Règne (le) de Charlemagne, roi des Français et empereur
d'Occident ; par Rougeron, 1 vol. in-12, pap. fin, orné
du portrait de Charlemagne,   3 f.

Sandfort et Merton, par Berquin, 7 vol. in-18,   6 f.

Science de la législation, par Filangiery ; seconde édition,
revue et corrigée,   24 f.

Synonymes anglais, ou différence entre les mots réputés
synonymes dans la langue anglaise, 2 vol. in-8, 7 f. 50 c.

Tableau de l'histoire universelle ancienne et moderne, depuis l'origine du monde jusqu'à nos jours ; 1 vol in-8,   5 f.

Théâtre de Piis et Barré, 2 volumes,   4 f.

Traité du style, par Dieudonné Thiébault, 2 gros volumes
in-8, papier fin,   9 f.

Traité du choix et de la méthode des études, par l'abbé
Fleury ; 1 vol. in-12,   2 f. 50 c.

Triomphe de l'Evangile, ou Mémoires d'un homme du
monde revenu des erreurs du philosophisme moderne, traduit de l'espagnol sur la septième édition, 4 vol. in-8 de
plus de 2000 pages, papier fin,   21 f.

Vie de Voltaire, par Condorcet, 1 vol.,   2 f.

Voyages aux sources du Nil, en Nubie et en Abyssinie,
par J. Bruce ; traduit de l'anglais par J. Castéra ; 5 vol.
in-4, atlas in-4,   80 f.

Voyage en Grèce, pendant les années 1797 et 1798, par
ordre de Bonaparte ; entrepris par Dimo et Nicolo Ste-
phanopoli ; 2 vol. in-8 ornés de 8 belles planches,   10 f.

Voyages d'un naturaliste en France, en Espagne, au continent de l'Amérique septentrionale, à San-Yago de Cuba,
à Saint-Domingue, eté. ; 3 vol. in-8, papier fin, ornés
de belles planches,   30 f.